作家論（さっかろん）：三島由紀夫文學評論傑作選

三島由紀夫

林皎碧 譯

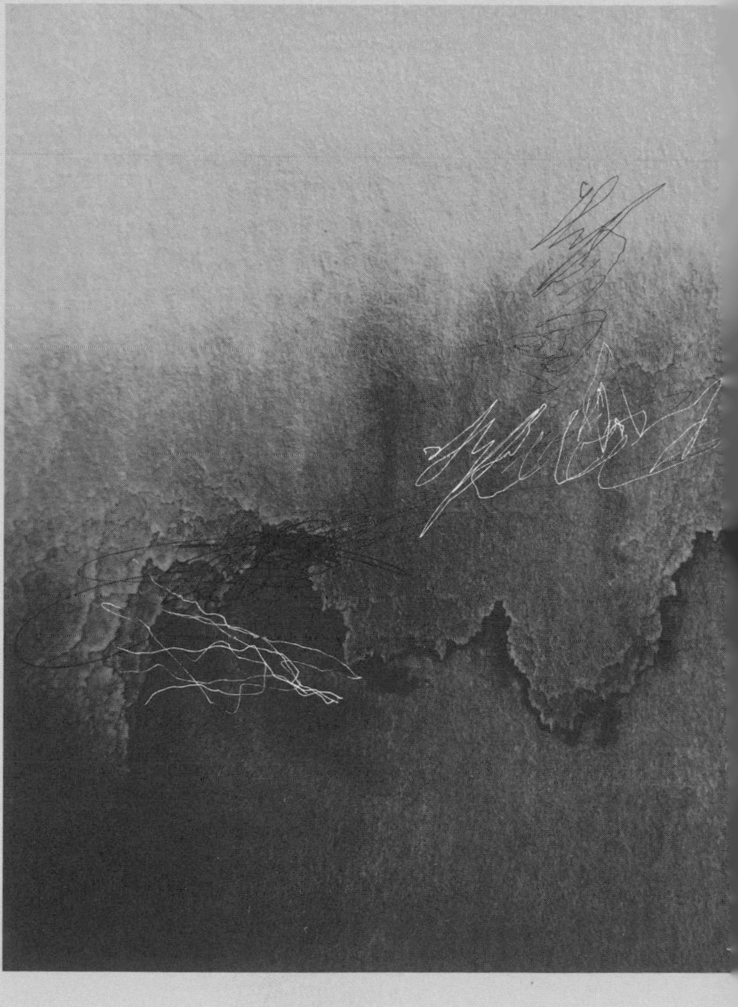

目錄
contents

導讀

文學諸家三稜鏡中的三島由紀夫鏡像

吳佩珍

《作家論》是三島由紀夫少數的作家評論集。一九七〇年十月出版後，十一月二十五日三島在市之谷自衛隊基地發表演說後切腹自殺，這部作品也因此事件受衝擊，未如一九六三年出版的《林房雄論》般受到關注。三島自評《作家論》：「此作與《太陽與鐵》構成我少數評論作品的兩根支柱」；關川夏央也在〈解說——三島由紀夫的「作家論」與「文體論」〉中指出，《作家論》、《太陽與鐵》與〈我的遍歷時代〉是認識三島不可或缺的文章。

依年代順序，《作家論》收錄了十五位作家。正如三島由紀夫在《作家論》後記所敘述，除了之前出版的《林房雄論》（一九六三），其中的文章皆為收入各種文學全集的解說。三島也聲明：「我寫的解說，從一開始便不親切、也不夠完整，既沒有文學史的敘述，也沒有介紹作家的個人經歷，而是直接深入作品，透過作品，凸顯諸位作家的特徵。」與其說是介紹文學諸家，不如說《作家論》是透過諸家評論這面三稜鏡，反照出作家三島由紀夫的鏡像。日本近代文學研究者豬狩友一指出，三島直觀捕捉的這些作家群像，有必要從他的個人史、時代氛圍、當時的文學史，以及媒體的動向重新定位[1]。為了便於讀者閱讀，以下依各篇解說內容，對作家生平或時代背景做簡單介紹，以及評論精要的補強。

自承對森鷗外文學「絕對崇拜」的三島，對鷗外初期的雅文體作品〈舞姬〉（一八九〇）、〈泡沫記〉（一八九〇）、〈送信者〉（一八九一）（佐藤春夫命名為「德國三部曲」），到文明批判的〈普請中〉（一九一〇），乃至代表作〈雁〉（一九一一），都有點評。三島認為〈泡沫記〉的重要之處在於「現代日本人再也寫不出如此清麗、理智卻富詩意」的雅文體以及日本士官其客觀、溫文儒雅同時旁觀者的性格；這也是鷗外文學男主人公的性格雛型。「豐饒之海」首部曲《春雪》（一九六九）女主人公綾倉聰子身上看得出〈泡沫記〉依達姬的影子，可見三島對此作傾倒的程度。另，他認為〈雁〉的時代意義是時代理想企圖飛翔卻遭遇挫折的象徵。同時指出，創作於日本自然主義文學的全盛時期，〈雁〉「巧妙地填補了自然主義作品的缺陷」，是「遠勝於自然主義的寫實，以更精妙描寫完成」的象徵作品。由此窺之，可知三島由紀夫對森鷗外的絕對傾倒、「絕對崇拜」，絕非言過其實。

〈尾崎紅葉／泉鏡花〉中，三島矚目的尾崎紅葉作品是《金色夜叉》（一八九七～一九〇二）。《金色夜叉》是紅葉的代表作，雖因紅葉去世未能完成，卻仍是膾炙人口的明治文學名作。三島與泉鏡花的淵源，源自喜愛鏡花的祖母影響。三島披露十四歲時在澀谷的書店對店員說「請給我《鏤紅新草》」，而讓對方大吃一驚的軼聞，從此篇著墨於泉鏡花的篇幅，可知三島對這位紅葉愛徒的偏愛。同時也是能劇、歌舞伎劇作家的三島，也以戲劇元素解讀尾崎紅葉與泉鏡花的作品。〈續續金色夜叉〉的名文：「列車疾駛，景物變幻，境域越轉，旅客更替，貫一始終未能消除內心的抑鬱，也沒有排解之道……」，在三島看來，是淨瑠璃與能劇的「道行」[2]場景，「以日本文學中近似道行

1 松本徹等編《三島由紀夫事典》（勉誠出版，二〇〇〇年），頁一四六。

這樣傳統技法的細膩心境表現，充分展現其中的微妙性、時間性和流動性。」三島思考泉鏡花最晚年作品《鏤紅新草》（一九三九）在日本近代充滿困苦與夢想的歷史意義時，想起世阿彌所謂理想的真正之花，以《風姿花傳》（一四〇〇）中世阿彌回想父親觀阿彌辭世前在駿河國淺間神社奉納神佛舞臺的一節，對泉鏡花晚年臻至巔峰的文學藝術予以最高的禮讚：「此為生長於真心的花，故『能』，枝葉亦少，直至老木，花仍不散。此為眼前，老骨仍能開花之證據。」[3]尾崎紅葉與泉鏡花的作品，時至今日，仍屢屢搬上日本新劇與歌舞伎舞臺。日本歌舞伎界現今最偉大的「女形」（女角演員）坂東玉三郎追求泉鏡花作品的完美舞臺化，經過數十年努力，《天守物語》（一九一七）、《海神別莊》（一九一四）等，已成為新歌舞伎的經典劇碼。

王爾德與谷崎潤一郎是三島由紀夫常常提及的最初文學閱讀經驗。三島為谷崎潤一郎執筆的解說、評論乃至追悼文數量，僅次於為川端康成撰寫的專文。谷崎的《瘋癲老人日記》（一九六二）出版後，三島喻為谷崎文學的最高峰，然而收錄於《作家論》的〈解說〉，卻以極特異的形式，僅僅集中討論幾乎不為人矚目的〈金色之死〉（一九一四）。三島認為，「透過這個作品，谷崎明確地敘述之後或故意或偶然放棄的思想」、

「要是企圖實踐思想的話，其目的地便永遠化作藝術體現的直接性、間接性，正是存在於〈金色之死〉……」千葉俊二指出，半年後三島實踐了思想（即以身殉道），也可說是藉由谷崎的作品，理論化自己必死的決心[4]。

三島所有的文藝評論中，川端康成論最多，收入《三島由紀夫評論全集》第一卷的文章便有二十六篇，是川端康成研究者的必讀文獻。本篇晚期的川端康成論共分六節，主要集中川端康成的六篇代表作：分別是〈美麗與哀愁〉（一九六一～一九六三）、〈雪國〉（一九三五～一九四七）、〈千羽鶴〉（一九四九～一九五三）、〈睡美人〉（一九六〇～一九六一）、〈末期之眼〉（一九三三）。三島以尼采對華格納的比喻來評論川端康成，但與尼采批判華格納「對自身的不忠實」與「莫大的愚蠢」不同之處，三島認為川端康成是「聰敏」的

2「道行」原指人在旅程中吟詠沿途地名及特色風景的表現方式。最早出現於「記紀歌謠」與《萬葉集》。在日本傳統戲劇的淨瑠璃與歌舞伎，特別是近松門左衛門創作世話淨瑠璃的「道行」之後，開始傾向強烈表現旅人的心情。《曾根崎心中》之後，男女殉情行與「道行」結合，誕生了敘景與敘情渾然一體、哀豔悲切的美麗辭章。參照Japan Knowledge「道行」項目（解說　服部幸雄）。

3 奥田勳等（校注・譯者）《連歌論集・能樂論集・俳論集》（小學館，二〇〇六年），頁二一八。

4 松本徹等編《三島由紀夫事典》（勉誠出版，二〇〇〇年），頁五二六。

華格納、了解自己的華格納。川端小說獨特的魅力，三島評為：「川端闊達而無興的心性和其創作的苦澀相悖，賦予每一篇作品極為精緻、大膽且不可思議的況味。令人感到滯悶的美麗世界，迅即與那悠哉寧靜的心境落差相交合。」

三島同時提及日本敗戰的傷痕是如何烙印在川端戰後的作品：「有一股獨特的淡淡寒意，那是從細緻而冰冷肌膚底下所散發的悚然魅力，來自棲息在詩人內心深處的日本戰敗命運。」自三島發表處女短篇集《繁花盛開的森林》（一九四一）之後，川端康成旋即發現其不凡才能，對三島有提攜之恩。三島對川端文學的高度評價，也為川端獲得諾貝爾文學獎起了推波助瀾之功。兩人雖有師徒情分，但也有微妙的「瑜亮情結」，這在兩人往返書信中都可窺見端倪。一九七〇年十一月三島自決之後，一九七二年四月川端也在逗子工作室自殺，由於死因成謎，受三島影響之說甚囂塵上，更顯兩人的關係糾結難解。

《林房雄論》在收入《作家論》前，一九六三年便以單行本形式出版，是本書篇幅最長的評論。林房雄就讀東京帝國大學法學部時，是活躍的學生運動家和馬克思理論家。一九二六年於《文藝戰線》發表處女作〈蘋果〉，以普羅文學作家身分登上文壇。同年因「京大事件」被檢舉，一九三〇年獲判刑期兩年，入獄服刑，一九三二年出獄。

一九三六年宣布不再創作普羅文學，之後主張「勤王之心」，積極協力新體制，也開始創作富浪漫性質的作品。〈青年〉（一九三二～一九三三）、〈壯年〉（一九三五）、〈西鄉隆盛〉（一九三九～一九四〇），以及引起非議的〈大東亞戰爭肯定論〉（一九六四）為其思想系譜的系列作品。三島的《林房雄論》分為四部：一、作家論，二、初期作品，三、〈獄中記〉（一九四〇）、〈勤皇之心〉（一九四二），四、〈青年〉、〈壯年〉，五、〈四個文字〉（一九四九）與其他。三島回顧與林房雄初次會面，是日本戰敗後的一九四六年。三島為林房雄所吸引，不僅因林房雄對這位仍是學生身分的文壇新人評價極高，同時三島也「享受」與林房雄「危險」的交友關係。彼時林房雄因戰時積極協力體制，戰後遭到戰爭責任的追究而惡名遠播，與林往來會有遭受同儕唾棄的危險。〈獄中記〉與〈勤皇之心〉主要聚焦林房雄遭審判入獄後轉向[5]的心境。〈青年〉描寫日本明治維新黎明期的青年群

5 在日本，人們開始強烈意識到「轉向」一詞帶有政治與倫理意義是在一九三三年之後。這年，日本共產黨指導者鍋山貞親與佐野學在獄中發出轉向聲明，緊接著有五百餘人大量的集團轉向。之後，「轉向」一詞便明確地連結至對共產黨及無產階級者階級意識的背叛行為。多數轉向者的深刻挫折感，迫使其退出政治運動的第一線，或轉而成為政府或軍部的協力者。參照Japan Knowledge「轉向」項目（解說　田中浩）。林房雄便是其中一例。

像，敘述井上馨與伊藤博文如何因攘夷目的前往留學，卻以開國論者之姿歸國。〈壯年〉則描寫這些人物在明治初期變身為鎮壓民眾與反動青年的保守勢力。林房雄對這一連串政治意識形態轉變的描寫，三島認為正如同林轉向的思想性方向。林房雄作品中，三島將〈四個文字〉評為最優秀的傑作。最後，三島如此結語：「如果沒有好好明確地回溯他的人生軌跡，通透其路線，便試圖論述昭和知識分子的話，我認為全然是怠慢的。如果捨去林來議論當前劇烈變動時代下知識分子的命運，我甚至認為是徒勞的。」多數論者指出，這篇評論雖借用林房雄論的形式，卻是三島由紀夫自我主張的政治原論與日本近代史論。

〈圓地文子〉聚焦〈女坂〉（一九五七）、〈女面〉（一九五八）、〈男人的品牌〉（一九六二）、〈耳瓔珞〉（一九五七）、〈二世之緣　拾遺〉（一九五七）等作。三島將〈女坂〉評為圓地文子的最高傑作，是足以和志賀直哉《暗夜行路》匹敵的經典，認為二作具有的普世價值，相輔相成，得以為「何謂日本人」這個問題提出解答。〈二世之緣　拾遺〉的主題則援用江戶作家上田秋成《春雨物語》的〈二世之緣〉。圓地文子是日本現代語言學之父上田萬年次女，是小說家也是劇作家，曾在隨筆〈三島由紀夫的回憶〉描述在祖母薰陶下親近歌舞伎的經驗，對三島有「同是故鄉人」的共鳴[6]。圓地文子之後以三島為藍本的作品有〈冬之旅〉（一九七一）與〈女形一代〉（一九八六）。佐伯彰一指出，圓地文子與三島由紀夫的契合，是一種源自對戲劇根本的感受性。

〈內田百閒／牧野信一／稻垣足穗〉主要聚焦內田百閒的〈東京日記〉（一九三八）與〈海邊之松〉（一九四〇），牧野信一的〈澤龍〉（一九三二）與稻垣足穗當時的〈Favorite〉（一九三九）等短篇小說。內田百閒是小說家也是散文家，是夏目漱石的弟子，以幻想、幽默文風知名。內田百閒的文筆，三島譽為當代第一。戰時拒絕進入文學協力組織「文學報國者會」，也因而被三島喻為當代最反骨的文學家。〈東京日記〉是奇幻小品的集大成；〈海邊之松〉[7]則是內田百閒以好友、作曲家兼箏琴家宮城道雄為藍本創作的小說，人物設定類似谷崎潤一郎的〈春琴抄〉，三島將二作譽為描寫「盲者」的傑作。牧

---

6 三島由紀夫對能劇與歌舞伎的啟蒙與愛好，源自祖母與外祖母的薰陶。祖母是歌舞伎愛好者，外祖母學習觀世流謠曲，三島因而常有親近歌舞伎與觀賞能劇的機會。參照〈我的遍歷時代〉，收入《大岡昇平／三島由紀夫集》（筑摩書房，一九七八）。

7 此作後改名為〈柳檢校的片暇〉（柳検校の小閑）。參照《東京日記　他六篇》（岩波文庫，一九九二）。

野信一與同為活躍於昭和初期至十年代的梶井基次郎、中島敦，都是早逝的作家，文風具幻想性與黑色幽默，以馬為主人公的〈澤龍〉，三島由紀夫譽為傑作也是代表作。稻垣足穗自大正時期便以同性愛研究者知名，文風與寫作題材多樣化，三島將其譽為昭和文學中少數值得天才稱號的作家，同時是「走在時代尖端的象徵，甚至成為年輕人眼中的英雄」。當時稻垣方以《少年愛的美學》（一九六八）獲得第一屆日本文學大賞。

〈尾崎一雄／外村繁／上林曉〉主要為三位私小說家的作品論。比起成名作同時是芥川賞得獎作品《快活眼鏡》（一九三七），三島予以尾崎一雄《父祖之地》（一九四六）的評價更勝前作。除了以森鷗外形塑的日本人形象比擬作品中父親的人物形塑之外，更指出《父祖之地》的文學技法是「極端的反自然主義」。尾崎一雄師事志賀直哉，三島將尾崎喻為「隨興裝扮的志賀」，戰後與上林曉同以「心境小說」作家著稱。外村繁在東京帝大時期與三高時期好友梶井基次郎、中谷孝雄於一九二五年創刊同人誌《青空》。〈鶺鴒物語〉是一九三三年外村繁再度復出文壇時期作品，三島評論此作是一種書寫世相的非私小說，作品完成度遠勝於私小說。同時指出，如果「（外村）未曾遭遇那般可怕的悲慘命運」[8]，或許能成為井原西鶴那樣偉大的作家，凸顯外村繁對世相描摹寫實技巧的高超。三島對上林曉作品的解讀，不同於世間一般對私小說家的觀點。不僅是上林的成名作〈薔薇盜人〉（一九三二）以及讓三島想起讓．保羅[9]散文的〈野〉，甚至上林描繪家庭瑣事的私小說，三島認為都予人一種時髦感。在戰後文壇，上林曉與尾崎一雄時常被相提並論，但兩人的氣質形成強烈對照。三島比擬，如果尾崎是「少爺氣質」，上林曉便是「苦學生氣質」。三島評價上林曉的〈野〉無疑是傑作，足以匹敵佐藤春夫〈田園的憂鬱〉（一九一九），深度甚至遠勝於〈田園的憂鬱〉。對三島由紀夫而言，比起日本的自然主義，上林曉的文風更接近浪漫主義。

〈武田麟太郎／島木健作〉聚焦的，是「轉向」作家的作品。武田麟太郎以普羅文學作家出發，但對於政治意識形態掛帥的普羅文學有強烈的違和感，因此試圖創作脫離政治主義走向的作品。之後受江戶時期町人作家井原西鶴影響，開創以庶民視點描繪現世風俗之作。一九三六年創立《人民文庫》，主張以散文精神對抗日本浪漫派的詩精

8 指一九六一年外村繁與第二任妻子貞子，兩人相隔四個月因癌症離世。
9 Jean Paul，一七六三～一八二五，德國小說家，德國浪漫主義文學先驅。

神，之後遭到鎮壓而轉向。三島指出戰後如武田以風俗為題材的短篇小說，卻又具藝術性文體者，極為罕見，而這樣的文風特徵受到井原西鶴，特別是深受其〈置土產〉（一六九三）的影響，如〈市井事〉（一九三二）、〈日本廉價歌劇〉（一九三三）都是例子。〈戡定〉（一九三三）聚焦的「文學」與「政治」之間的齟齬，三島認為應是武田對其身邊「政治與文學」的觀察，同時苦澀地將其戲謔化之作。

島木健作就讀東北帝國大學法學部時，前後參加勞動組合與農民組合，一九二八年「三．一五大檢舉」[10]後遭逮捕入獄。一九二九年在獄中宣布轉向，一九三二年出獄後才開始創作，創作經歷可說不同於一般具轉向經驗的普羅作家。一九三四年發表以轉向為題材的處女作〈癩〉（一九三四）便獲得好評，緊接著出版的〈盲目〉（一九三四）也在轉向問題的延長線上，一九三四年的短篇集《獄》確立了島木健作的新人作家地位。三島認為島木文學是誠實且「認真」的純文學，但讀來有趣且能產生共鳴的原因，則源自島木文章的表現力。收入此卷的〈癩〉、〈盲目〉與〈第一義之道〉（一九三九）三作，都是「轉向文學」。三島將〈癩〉譽為存在主義小說先驅傑作。此外，三島指出島木文學散發獨特的熱情與魅力之處，在於呈現集團思想與個人肉體之間不對稱的錯誤，同時指出其中主要基調有兩點：首先是支持思想的個人高度自我膨脹，使命感將個人神化，讓個人開始帶有救濟代言人的傲慢；第二點，前者結果的反映，讓思想本身過度純粹化，因此帶有絕不允許事情變更的絕對價值，而讓思想解溶於信仰中。相對於島木戰前這一系列「轉向文學」作品，被譽為晚年傑作的〈黑貓〉（一九四六）、〈赤蛙〉（一九四六），三島並未有太高評價。他認為因為戰後讀者對島木的生涯與歷經苦難一無所知，更無法讀出島木此時作品更為隱晦的文學寄喻。

（本文作者為國立政治大學臺灣文學研究所所長）

10 指一九二八年三月十五日對共產黨進行的大型鎮壓事件。一九二八年二月共產黨中央機關刊物《赤旗》創刊，同年同月，日本依《普通選舉法》進行第一次總選舉，勞動農民黨派出黨員參選，公然進行獨自的大眾宣傳。一九二七年強行出兵山東侵略中國的田中義一內閣，惟恐共產黨活動對國民產生影響，持續進行祕密偵防。一九二八年三月十五日清晨，對全國同時進行搜查。包括野坂參三、志賀義雄、河田賢治等共產黨幹部在內，檢舉約一千六百名共產黨員及支持者。政府在四月十日解散日本勞農組合評議會、勞動農民黨、全日本無產青年同盟，同日解禁對此事件報導的限制，報紙的新聞報導予人共產黨為恐怖集團的印象。特高警察對於遭逮捕者展開不人道的拷問，小林多喜二的小說《一九二八年三月十五日》告發了嚴刑拷打的事實。參照Japan Knowledge「三・一五事件」項目（解說 梅田欽治）。

森鷗外

森鷗外到底是什麼？

最近這個問題時常浮現我的腦海中。這並非因為我輕視鷗外文學，毋寧正好相反，由於我深深敬重鷗外文學才會產生疑問。

戰前的日本，根本不容產生「森鷗外到底是什麼？」這樣的疑問。鷗外就是鷗外，那是無條件崇拜的對象，特別是知識階級的偶像。即使那些打從心底就輕視大部分軟文學的人，或在實業界擁有崇高地位、認為小說屬於婦孺把玩之物的人，只對鷗外另眼相待，並格外尊敬他。總之，鷗外是明治時代以來山手[1]知識階級的知性偶像，同時也是他們眼中最理想的美學創始者。若以多少有些刁難的觀點來看的話，他可謂規範了「山手藝術」。我也在如此崇拜鷗外的氣氛中成長。

鷗外位居軍醫總監，他和明治顯貴仕紳有同等地位的經歷，這也和他之所以獲得高評價有關。

「只有鷗外，和那些三流作家不一樣。」這種想法，至今仍然明顯留在中老年人們的腦海中。

雖然談私事有些冒昧，我過去寫的小說《宴後》（宴のあと），遭已故有田八郎先生提起訴訟，有田先生在法庭上宣稱：「以我為原型寫成小說的作品，若作家是鷗外或漱石等人就姑且算了，不過卻是一名不值得矚目的三流作家……」

鷗外絕對不是三流作家！他剃了一頭軍人式短髮，和浪漫派的長髮完全不一樣，也和繫著稱為波希米亞式領帶賴在咖啡廳、或穿著皺巴巴衣服泡在小酒館不走的那群人，以及賣掉妻子、當掉被褥的流浪漢完全不一樣。鷗外，首先就是一個「智能卓越的人物」。而且他並非臉色蒼白的書齋派，而是一位享受騎馬、勤於軍務的軍人；同時也是透過留學生活，把真正的時髦納為自己身體一部分的絕對真正的時髦本宗。

鷗外的肖像，至少最普遍為人們所描繪的鷗外肖像即為如此。日本知識分子和藝術家身處社會或日常生活，甚至是廣泛的現世，往往對於世間乖離之事感到可憎又不安，一心一意把鷗外當成已失去的理想或已死去的上帝。另一方面，對於曾一心統合西歐式和東洋式教養，而今卻衰弱到多半已斷念的後代知識分子，看到鷗外輕易達成了他們的理想，嘆息之餘也崇拜鷗外。

超人肖像畫的一旁，當然也有凡人的肖像畫。鷗外在生活上的艱難，和當時權力者的關係，以及家中問題的苦惱等等，都已由研究者一一闡明。不過他一向孤獨忍耐著，縱使進入resignation（諦觀）的境界，反而更增強「超人鷗外」的形象。

說起來，我一直到戰後才開始喜歡鷗外的作品。學生時期曾經讀過《山椒大夫》等小說，卻不覺得有趣。因為太清淡，不夠惡毒。而且由於從小被灌輸的「超人鷗外」形象太過強大，以致對鷗外文學莫名產生敬而遠之的態度。

不過我在上大學之後，突然了解鷗外的趣味，也發現了鷗外的美學。

戰後二十年的當今，年輕世代對鷗外有什麼看法呢？就這一點上，也存在各種問題。

1 相對於低窪的下町庶民區，山手地勢較高、為達官貴人居住地區。

我能簡單推測的是，理想化地體現明治政府信念的鷗外形象；在啟蒙主義和保守主義之間彷彿搖擺不定的鷗外形象；以及有如代表家父長制的智識男性形象，恐怕已在當今年輕人的腦海中完全消失了，縱使尚未消失，只怕也已失去了吸引年輕人的魅力。鷗外所擁有的一切形象，與戰後美國作風的民主主義，還有蘇維埃或中國共產黨作風的進步主義相當不一樣。在知性上支撐著景仰鷗外的德國式教養，隨著俗稱number school（舊制高校）[2]的廢止，也永遠消失了。

——因此，森鷗外到底是什麼？

這個疑問之所以占據我的腦海，明顯是受到時代變化的影響。至少鷗外確實已不是「自明之神」[3]，反而「更具通俗性」的漱石依然備受年輕世代的歡迎。

我希望讀者能夠了解，所謂「更具通俗性」的評價，並不是我個人的想法。至少以我所成長的世代來說，「理解鷗外的作品」是作為判斷文學趣味的基準；儘管漱石身為大文豪，一般仍認為他的作品比鷗外更容易理解，即「更具通俗性」。所謂「容易理解的作品即具通俗性」的想法，究竟要在日本知識分子的腦海裡占據多久呢？在當今已完全消除既定觀念的年輕世代，捨棄鷗外、轉投漱石的懷抱，可說是自然趨勢。不過鷗外之作當真「難以理解」的問題，正如受到前述「鷗外傳說」和「鷗外神祕力量」的影響，無法一概而論。事實上，鷗外是自明治時代至今，明晰派當中的最偉大作家。

再次提問。

森鷗外到底是什麼？

鷗外的一切傳說已衰退的今日，對我來說，這個提問是最該緊急處理之事。評價綜合人格為「全人」的鷗外一事固然很重要。不過，我認為在傳說漸漸式微且令人生畏的知識之神形象已衰退的現今，反而是鷗外文學之美（縱使未必受多數人歡迎）純粹鮮明閃閃發亮的時刻。

然而鷗外文學之美，未必與現代所謂的「美」那麼相似。詩人日夏耿之介在〈花子〉的解說文中以「這種簡淨，是領略古代支那古典文學所具有的美和力的人，才能

---

2 指戰前日本高等教育機關之一的舊制高等學校中，以數字為校名的學校，例如：舊制第一高等學校（簡稱一高），於一九四八年廢止後，成為新制的東京大學。

3 此處的自明，為無需證明、不言而喻之意。

表現出的殊色」，通透地描繪出鷗外文學之美。順帶一提，在描述鷗外的諸多相關文章中，我從未讀過比日夏先生更卓越的解說。（東京堂版《鷗外選集》）

而且鷗外領略的「古代支那古典文學所具有的美和力」，並不是硬生生地透過莊嚴的漢語調表現出來；鷗外先以歐洲式教養過濾後（我總覺奇妙的是，儘管鷗外留學德國，他的文章卻洋溢著泛歐洲的拉丁式地中海的氣味），再以簡潔鮮明的日語來表現。因此，我們感受到的並非德川封建制度下那股醬缸且暗淡的漢學氣味，而是甫自奈良時代傳入的支那文化那新鮮且時髦的芳香。這即是鷗外讓人醉心的、以日語融合東洋和西洋兩種不同時代、地區的時髦，所形成的文體。

雖然我不自覺用了「醉」這個字來形容，不過的確沒有比鷗外文體離戴歐尼修斯[4]的酩酊感更遠的文體了。所以我在這裡指的並不是一般「醉」的狀態；而是淌著汗走過遙遠山路後飲下一杯冰涼井水，所感受到的清澈之醉。如今想來，中學生的階段實在無法理解此「清澈之醉」的境界，我在上了大學之後才喜歡上鷗外，肯定就是這般的理由。

此外，鷗外文學還具有獨特的fragrance（芳香）和音樂性。在此具體舉例較便於說明。

例如在〈花子〉的開頭：

奧古斯特．羅丹走進工作室。

清晨的陽光照進大廳的各個角落。這座畢洪府邸原是一位富豪所建，建築非常豪華，直到不久前，一直是聖心派的女子修道院。不久之前，聖心大教堂的修女還在為聚集於此的日耳曼地區少女齊唱讚美歌吧。

少女們一字排開，張開粉紅色嘴唇放聲歌唱，彷彿巢內的雛鳥等候母親來餵食一般。

那喧鬧的歌聲已經聽不到了。

但是，最近這裡有著另一種不同的熱鬧，一種別樣的生活。那是無聲的生活。雖然無聲，卻是強烈、凝煉、令人震顫的別樣生活。[5]

4 Dionysus，古希臘神話中的酒神。

5 本段譯文摘自李慶保譯〈花子〉（收錄於時代文藝出版社《森鷗外中短篇小說集》，二〇一六年五月，中國長春）。

讀者雖然被引導到羅丹肅穆的「工作室」，引導的誘因卻是已無法從少女們「粉紅色嘴唇」中聽到的讚美歌聲，反倒讓讀者由此感受出一股深深的寂寥。在堅硬、嚴肅的文體間，不經意寫下的少女們「粉紅色嘴唇」，有如透過灰色石造建築的窗子望見的紅色花朵，這種含蓄迎面而來的新鮮而清淨的感官性，也為即將登場的「花子」身影埋下伏筆。

日夏先生也指出，看到鷗外把羅丹工作室裡幾個未完成作品形容為「如同陽光下各種植物華麗綻放般」時，我們已經成為鷗外的fragrance（芳香）與詩，以及音樂的俘虜。那種芳香並非尋常花朵所發出的氣味，而是和〈花子〉一樣的巧妙象徵：在硬質大理石上雕刻出的花（即從現實中抽離，並經大理石濾淨之處），也就是大理石之花所發出的芳香，沒有絲毫曖昧的「明晰之芳香」，也是一首明晰之詩。鷗外把一群未完成的雕刻作品，輕描淡寫地形容為「如同陽光下各種植物華麗綻放般」時，經由「植物」一詞，藝術創作轉化為自然孕育之物，創作之苦獲得淨化，轉化為生命的旺盛能量；而且不用「花」改用「華」，暗示著比柔軟的「花」更硬質、複雜又典雅的「華」[6]。

另外，鷗外風格的音樂，應該很容易在前述簡短的引文中聽見。

作家絕對不歌唱。不過，就彷彿無法聽到的少女們的讚美歌聲般，響起了無聲的聲、無音的音，而且是獨特、平靜又端麗的音律。一旦受到鷗外文章的音律所吸引，我不禁覺得其他文章的音律都像是浪花節或歌謠曲。同時，鷗外的音律並非單獨存在。那是獨特、平靜又確切，每一語、每一語、每一語都開啟新視野，卻絕非催促讀者，而和時而騷動、時而沉靜的敘述結為一體的存在。

鷗外先講明了這是以羅丹「工作室」為舞臺的故事，接著描述清晨陽光射入，再談及建築物的歷史，並插入了「那喧鬧的歌聲已經聽不到了」這句話，一轉身開始說明羅丹的工作。作家絕對不急於說故事，卻以簡潔至極的敘事，不帶一句多餘的話，如彈琵琶般在每一語、每一語中發出強烈的餘韻。

森鷗外到底是什麼？

6 原文為「日光の下に種々の植物が華咲くやうに」，鷗外在此處特意書寫成「華咲く」，一般通常標示為「花咲く」。

於此，我認為該是對鷗外的存在下一個當代定義的時候了。

鷗外，在失去所有傳說和小資產階級盲目崇拜的當今，確實值得以言辭藝術家的身分復活。我們理應讚揚，他在言文一致的草創期寫出如此完美、典雅的現代日語的天賦。假如無論任何時代都應從意境乃至品格的觀點來評價文學的話，鷗外恐怕是近代最具品格的藝術家；儘管在創作量上並無特別厚重之作，但是整體著作一如以純良檜木打造的建物般，凸顯出整座建築的精華。我相信年輕世代對於目前充斥在身邊的粗率、雜亂、遲鈍、冗長、鬆垮、軟弱、下流、混濁的文章，總有一天會感到厭煩，看都不想再看一眼。因為無論任何人，在追求趣味上必然會愈往優雅高尚的方向前進。那時，人們無疑會重新發現鷗外之美，領悟到這才是真正的「帥」。

佐藤春夫將鷗外的〈舞姬〉、〈泡沫記〉（うたかたの記）、〈信使〉（文づかひ）等三篇稱為「初期浪漫短篇」或「德意志三部作」，前兩篇為作者二十八歲時（一八九〇年）所

寫，〈信使〉則是二十九歲時以雅文體[7]書寫，頗具青春味之作。比起聞名於世的前兩篇，我非常喜歡〈信使〉。〈信使〉寫的是一位留德日本青年士官的故事，士官某天演習途中接受了畢洛夫伯爵的款待，前往城堡赴宴時遇見美麗的女性艾達，翌日艾達委託他轉送一封信。士官在參加王宮的新年宴會時，順利地把信轉交給伯爵夫人，也就是艾達的姑姑。當士官再次前往王宮時，出乎意料地看到了身著女官服飾的艾達。艾達對他坦承了那封祕密信函的來龍去脈，故事的最後一行如此寫著：

我透過人們肩膀的空隙，時而看到她今日盛裝的水藍色禮服。那水藍色必將長留在我的記憶之中。

如此充滿餘韻的結尾，鮮明地烙印在我心中。

7 雅文亦稱擬古文，為江戶中期至明治時代，國學者以重返古代語言為號召，模仿平安時代文學的一種文體。

這是歷史上明治時代前半期的日本，好不容易追趕上西歐正開展的浪漫主義現場，有如最後證言般的作品。以軍人身分登場的鷗外確實非常幸運，不過鷗外以後的日本文學家，再也沒有這種恍若置身在西歐寓言故事中的機運；對他們來說，如同橫光利一在〈旅愁〉所寫下的場景，只能仰望眼前那透過知識分子的意識觀看，卻永遠拒絕跟隨其後的歐洲光景。

〈信使〉以淡淡的筆觸和優雅文字，刻畫出一個憎惡因襲而追求自由，卻反倒置身在比墓地更沉重因襲中的女性形象。然而比起描述這種性格，更重要的是現代日本人再也寫不出如此清麗、理智卻富詩意的雅文體，以及一名成為畫中人物的日本青年士官，在言行中流露出的浪漫趣味。這個客觀儒雅、習慣作為旁觀者的士官，可說是鷗外所有作品中主人公性格的原型。從王朝時代以來，如在〈濱松中納言物語〉[8]中所見，日本文學擅長將異國宮廷的優雅，大膽描述為日本所完成的優雅，鷗外自身實證了對歐洲也適用這種手法。

明治四十二年（一九〇九年），四十七歲的鷗外首次以口語體書寫小說〈半日〉。後因鷗外遺孀不允許再對外發表，直至昭和二十六年為止，一般讀者根本無緣得見此篇作品。

誠然〈半日〉的內容不適合以雅文體書寫，不過若都得按內容來選擇文體，鷗外確實只能使用口語體了。儘管他的筆調客觀冷淡，不過這是一篇描寫一位極具權勢男子卻無力解決宛如地獄般家庭問題之作。所有鷗外創作的人物當中，並不存在「妻子」這般猛烈的女性；這位「妻子」的猛烈和不妥協性格，即便在戰後女性解放後也很罕見，以該女性生存的所謂明治時代來思考，甚至讓人想從另一個角度重新審視明治時代。不過在鐵石心腸這一點上，這位女性和鷗外可說相互輝映。雖說鷗外總稱自己溫和且不喜與人爭吵，然而支撐他文學和教養的正是這種透明而硬質的心。如此的鷗外，和有著不透明而硬質的心的女性住在同一屋簷下，簡直就像象牙棋子的頭碰頭般，經營著稱不上家庭的冷冰冰的生活，這呈現出日本近代的奇妙姿態。後來鷗外在史傳系列作品裡，描述在嚴格封建倫理制度下，比他身處的家更具人情味的「家」的模樣。

8 以主人公之父為唐皇子轉世展開的平安時代後期戀愛故事。據稱作者為菅原孝標之女。三島由紀夫受此作影響而創作了「豐饒之海」。

日本的家庭不像英國的「home」處於安定狀態，直至今日仍然如此，這可說是鷗外從自己的家庭感受到日本近代的失敗吧！對我來說，〈半日〉所描述的世界，比任何自然主義的貧乏故事更為悽愴殘酷。

〈追儺〉、〈魔睡〉、〈性慾的生活〉（ヰタ・セクスアリア）、〈雞〉、〈金幣〉（金貨）等，都是鷗外執筆〈半日〉時同一年的作品。這一年，鷗外的寫作量頗豐。當時是所謂《昴》雜誌的時代，其中的作品充斥對自然主義的反感，同時隱藏著對自然主義的嘲笑與揶揄。例如〈性慾的生活〉，以自傳形式淡淡地描述日本人清淡的性生活，自成一種對於特意模仿法國人的獸性肉慾、而歪曲日本現實的自然主義的諷刺。不過，如今習於肉食且肉體發育良好的日本人，讀〈性慾的生活〉時肯定還嫌意猶未盡吧。這篇所描述的內容並不虛假，卻未寫到惡魔般的一面，以及壓抑著滿滿性慾的恐怖力量。即便如此，〈性慾的生活〉無疑是鷗外不惜賭上自身地位所完成的作品，也一如所料遭到了禁止發行的處分，鷗外也遭受上級長官的儆戒。鷗外在謹慎自持的同時，仍保有透過文學形式，以自己在西方接受的自由精神屢屢衝撞日本僵化假道德的衝動。

這些短篇當中，我喜愛的並非據稱是鷗外個人特別偏好的〈魔睡〉（德國世紀末文學的清淡化日本版），而是富俳趣的〈追儺〉。這篇的結構和後來的〈百物語〉相似，卻無〈百物語〉的深度和陰森氣，是充滿鷗外獨有瀟灑的恬淡小品文。

故事描述「新喜樂」舉辦的宴會快結束時，年邁的老闆娘穿著一身紅色羽織，突然闖入灑豆驅邪，不過在此前卻是冗長的文學漫談，可說是鷗外隨興寫就的短篇作。

不過，〈追儺〉的結構總讓人感受到情色的氣氛。雖然鷗外特意解釋前往新喜樂的理由「並非期待遇見美麗的女人」，然而當最後一臉皺紋、穿著紅色羽織的老婦出現時，她身上一襲為祝賀六十大壽的鮮紅色，成為這部不帶任何顏色的作品中，唯一讓人留下深刻印象的華麗象徵。也因為這極富諷刺意味的尾聲，隱藏在作品中的情色感就在未充分發揮中劃下句點。

相較於〈追儺〉，〈百物語〉更慎重地隱藏了作品的關鍵。短篇〈百物語〉中，描述了整個晚上什麼事都沒發生就結束的「百物語」[9]集會，雖說和〈追儺〉一樣讓人有

9 一種享受恐怖感的遊戲。幾個人在夜晚聚集於點有一百根蠟燭的房間，每個人輪流說出一則鬼怪故事，直到一百個故事為止。每說完一則故事，就要熄滅一根蠟燭。人們咸信，說完一百個故事、熄滅最後一根蠟燭的瞬間，妖怪就會現身。

中了空城計的感覺，不過讀了才發現，被稱作「今紀文」[10]的主人公了無生趣、如活屍般存在的孤寂感，從未出現在鷗外其他的作品中。

〈青年〉是隔年（明治四十三年）在《昴》連載，也是鷗外的第一部長篇小說，這部作品不僅在當時的文壇評價不高，至今的評價也不如〈雁〉。

不過，來自明治末年二十歲青年小泉純一澄澈的感情教育，總能保持歷久不衰的清新魅力。從以真實人物作為原型的小說來看，讀者很容易可推測出鷗村＝鷗外、拊石＝漱石、大石＝白鳥、大村＝木下杢太郎、詠子＝下田歌子，可是鷗外處理原型的手法相當自然，完全融入文體，所有人物彷彿在名為文體的玻璃水槽中優游的魚兒，因此絕對不會產生強烈的煽情感。

來自鄉村的青年小泉純一坦率樸實，和名字一樣擁有纖細心理，象徵來自某一世代對知性的關注。那並非Sturm und Drang（疾風怒濤）的青年期，毋寧說是被動、安靜形成教養的青年期，雖然稍受情慾纏繞，卻也不致陷溺其中。

不過，〈性慾的生活〉的淡泊和〈青年〉的淡泊並不一樣。〈性慾的生活〉是鷗外的意志和克己互相糾纏的淡泊；〈青年〉的淡泊則表現出任何時代（包含現代）都存在的典型年輕人的潔癖和羞恥心，完全避開各時代青年小說那種扭捏作態和誇大惡行的青春表現。

這既是已屆中年的鷗外描述起二十歲青年的理想化，也是他對人性的深刻洞察。我們而今從書中感受到對主人公的焦慮，其實正展現出這部作品所具備的永恆的真實性。鷗外對青年的觀察是，無論任何時代的青年都一樣，他們沒有自己所以為的醜惡，青春也並非所想像的充斥暴力；和〈性慾的生活〉中溢出情慾的暴力不同，而是從智識精神發展來表現一名青年時，所理解的被動而澄澈的青年形象，可以說不管哪個時代都看得到吧！中年的鷗外，肯定相當能體會湯瑪斯・曼（Thomas Mann）在「老年人具有男性特質，年輕人具有女性特質」這句話當中，對於人類精神結構令人驚異的理解啊！比起《少爺》等作，我認為此作更值得現代年輕人一讀。

10 原指紀國屋文左衛門，為江戶中期揮金如土的富商，由於〈百物語〉主人公行事作風亦如此，故有「今紀文」之稱。

明治四十三年前，鷗外寫下文壇的諷刺畫〈Le Parnasse Ambulant〉[11]，令人感到永遠嶄新的對近代日本文明批判的〈修建中〉（普請中），以及〈花子〉、〈遊戲〉（あそび），翌年（明治四十四年）寫下〈妄想〉、〈殉情〉（心中）之後，終於發表名作〈雁〉。

我每一次重讀〈雁〉都如此認為，誰能堪比鷗外，從日本現實的瑣事到世界思潮的巨大鳥瞰，從日本式的小工具到壯麗的風景，都能隨心所欲地一概視為寫作素材，而且絲毫無損文體的統一性，在鷗外之後，有哪一個小說家具有如此的能力呢？

這也許不是很恰當的例子，例如堀辰雄的文體擅於描寫輕井澤的品味，卻不適合描寫東京的雜沓；谷崎潤一郎的文體幾乎能描寫所有事物，卻不適合表現抽象的思考。不管哪一個作家都無法像鷗外一樣，以藝術性的文體收攝近代日本的紛亂樣貌。當然有許多小說技巧相當優秀的作家或具高度詩意的作家；卻也有無節度地納入表象風俗的作家，但都要透過雜亂無章的文體來表現；而那些擅長表達抽象思考的作家，又欠缺鷗外有如X光般穿透一切事物的描寫能力。……儘管鷗外擁有各種可能的文體能力，卻無暇寫出綜合性的大作，實在相當可惜，不過〈雁〉多少已觸及了鷗外的綜合性天才作品的理想形態。

〈雁〉以「我」的自述展開，敘述「我」的友人岡田，一名頗具男子氣概的美男子和年輕可愛女子阿玉一段無疾而終的戀愛故事，而阿玉其實是其他男人的小妾。時代和風俗，牢牢地扎根在文體中。

某一晚，由於寄宿家庭的晚餐是味噌燉青花魚，導致即將出國的岡田和阿玉永遠錯失交談的機會；枯萎蓮花池的一隻雁，被無心的學生以石頭擊中身亡。

作品中描寫的一切，彷彿宇宙問行星一一發生的平靜而必然的運行。登場人物不過只是大時代下的學生和小妾，卻讓人對於命運交錯，備感難以釋懷的痛心。

鷗外並未在〈雁〉裡露骨地嘲笑自然主義，反而巧妙地填補了自然主義作品的缺陷，而且基於遠勝於自然主義的寫實，以更精妙描寫完成的象徵作品。

無論是描述阿玉抑或岡田的心理，鷗外雖想迴避一切醜惡，卻仍默默地完成並超越了無禮的敘述。當時肯定到處都發生這類的戀愛故事，這當中包括了青年出人頭地的思慮和女人的功利主義。不過，鷗外於此只看見人性的貴重微微發亮，並拒絕把這微光視

---

11 意為「巡迴的高蹈派」，不過鷗外自己在作品中翻譯為「漫步文壇」。

為一種浪漫捨棄乃至熄滅。因此他和小泉純一大不相同，而幾年後的岡田也許將就此變為一名庸俗之人。

「雁」也許象徵了想遠颺卻屢屢受挫的時代理想，但鷗外並不打算將雁的死亡處理得太過悲壯——「我」和岡田、石原，三人毫不在乎地吃掉了那隻雁。殺害雁的既非時代的暴力，也並非來自政府的壓力，不過就是一名魯莽的學生罷了。因此他們的青春就像上了宴桌助興的菜餚，一頓酒足飯飽後就此結束。岡田對阿玉的態度也是如此，他不了解阿玉發自內心的熱情就毅然離去；就算他了解了，難道他會不顧身分地去愛阿玉嗎？看起來不會有這樣的結果。一切止於一股難以言喻、沉痛卻平靜的結局，終究人還是得回到各自的軌道，除了走完自己的路，別無他法。

到底該以怎樣的言詞來表達我的心境呢？似乎以resignation（諦觀）較為適當。我不僅在文藝領域，在世間不管何處也總是保持如此的心境。所以當別人認為我很痛苦時，我反倒出乎意外地平靜。當然所謂resignation的狀態，也許是沒出息。對於這一點，我不做任何辯解。（明治四十二年〈予之立場〉）

讀到鷗外這段話時，我想從〈半日〉一直讀到〈雁〉，以至〈百物語〉、〈奇妙的鏡子〉（不思議な鏡）、〈藤架〉（藤棚）、〈羽鳥千尋〉、〈餘興〉（余興）等諸作的讀者，苦澀感想必逐漸加深，而且也許會發現鷗外獨自吞下苦澀且絕不形諸於外的身影。

一般人認為悲觀是一種膽小，忍耐痛苦就是勇氣。鷗外生存時代之弊病，並非原封不動地持續至今，無論在任何時代，都能看見英雄式壯舉的精神意識中，隱藏著對時代膽怯的懦弱之心；至少鷗外絕非如此的懦弱者。我認為他口中的 resignation，代表著直到最後仍忠於職守之人，他們所擁有的平靜之勇氣和心中的苦痛。

尾崎紅葉／泉鏡花

所謂作家的年齡真是一件奇妙的事，以老師尾崎紅葉及其忠實弟子泉鏡花為例，就算到了今日來看，紅葉應是一位留著漂亮鬍子又體面的明治時期文豪，鏡花則是個更年輕且才華橫溢的白面書生。然而實際上是紅葉年僅三十七歲即離世，鏡花卻活到了六十七歲。

而這樣的讀者印象也牽涉到兩者的文學事業。讀者的好惡另當別論，紅葉感覺上雖是明治文學史上不可遺漏的大人物，而鏡花是纖細、或可說是孤立的幻想派作家。甚至在作家的獨創性上，一般認為紅葉是硯友社開山立派的領袖，鏡花的一生始終步其老師的後塵。

這樣的評論自然是誇大了，熟悉文學的人應該多半不會同意吧。儘管紅葉和鏡花都在各自的時代成為人氣作家，但鏡花之作卻盡給人婦孺文學的強烈印象，而鏡花自己更透過其文學，流露出被美麗聰明的女性玩弄的傾向。

可是，文學的評價即便過了半世紀也絕非定論。至於獨占了最後勝利的文學史家見解，經過半世紀後也仍有其不足之處。前述的印象在未來也有可能全部翻盤指稱鏡花才是大文豪，鏡花才是凌駕老師的獨創性天才，鏡花文學其實才最不適合婦孺，而是超越世俗的藝術。猛然想來，鏡花也許是明治以後日本文壇**唯一**的天才。

不過，鏡花文學在面對世間凡俗的感受上，一方面逢迎，另一面又嚴峻拒絕，具有奇妙的矛盾性，看來還必須超越很多誤解與偏見才能流傳下去。

相較之下，紅葉是進入萬神殿[1]的作家，在日本文學史上已穩踞地位。

關於紅葉，明治三十七年十二月，依田學海[2]有篇以簡潔漢文書寫的〈紅葉山人傳〉，我把這篇漢文譯為現代語：

清初的文章有三大家。曰汪堯峰、曰魏勺庭、曰侯雪苑。堯峰以法度取勝，勺庭以磨練取勝，學苑以才氣取勝。汪於六十七歲、魏於五十七歲歿，而侯於三十七歲死去。吾之紅葉山人，才氣、磨練兼之，歿年與侯相同，可謂奇也。

某人對余曰：

「三大家之文章，與山人體裁不相同，子併而稱之，不亦謬乎？」

余曰：

「否，和文、漢文、古文與時文，文體雖各異，其間巧妙在於動人，亦即僅此唯一。余將山人比為雪苑，自信並不荒謬。」

山人，姓尾崎，名德太郎。東京人。自幼聰慧。小學、中學畢業，進入法科大學，二年級轉文科。惟生性不喜受課程羈束，偕山田、石橋、巖谷諸才子中途退學，結成硯友社，發行《我樂多文庫》。

1 Pantheon，古羅馬時期宗教建築，因紀念屋大維打敗安東尼和埃及豔后所建，後遭大火焚燬，由哈德良下令重建。自文藝復興時期以來即是偉人的墓園，包括藝術家拉斐爾等人均葬於此地。

2 一八三四～一九〇九，日本評論家、漢學家和劇作家，為森鷗外的漢文老師，著有《學海日錄》、《譚海》等作。

奇思如泉湧，警語頗多。時人始為異之。

後進讀賣新聞社任職，發表小說。如《伽羅枕》、《多情多恨》，當中以《金色夜叉》為最出色之作。

生平，富於熱情、勤鍊文章。待友淳厚、為氣任俠，所謂江戶之子氣質，山人深得其髓。

嘗患胃癌之疾，荏苒而未癒，明治三十六年十月三十日歿。

其著作數十種，友人匯輯成一書，取名曰《紅葉全集》，盛行於世。

蓋雪苑全書二十卷，其詩文，才氣橫溢，讀者莫不景仰雪苑其人。山人之作亦然，所以令人佩服不無道理。余與山人交往甚篤，故作其傳。

依田百川（即學海自身）曰，山人歿後，遇其門人柳川春葉。從春葉所聞「在下得先師遺稿一篇。翻而閱之，即先師親手抄錄先生撰寫之《譚海》其中數節手稿。蓋先師敬仰先生久矣，此可證明之」。

余確認遺稿成立之年月，為余尚未與山人交遊之前，余不知山人何以得小著。人生在世，若能得一知己足矣。山人真乃吾之知己。啊！山人亦為一偉人。山人之履歷及義行，門人輯錄甚詳盡，余無庸贅述。

——總而言之，依田因為自己的文章，在尚未認識對方前就被細心抄寫；由於來自如此景仰自己的紅葉，所以奉承紅葉為「一偉人」，這完全就是明治學者的庸俗本質，真是有趣。如今的學者雖不至於天真地展現這種庸俗，對小說家也不會露出傲慢狂妄的態度，但本質上並沒改變吧！

那麼，正如依田所寫，當時紅葉的小說不僅令天下婦女小童一灑紅淚，且因其文章巧妙練達，以及「奇思如泉湧，警語頗多」而廣受敬愛。儘管剛開始可能會產生奇特感，然而在對於奇想或警句的喜愛，以及其文章的玩味上，不能不說這就是文學鑑賞的知性態度。

若是從明治文學中除去這般知性讀者的鑑賞方法的話，恐怕就無法理解明治文學泰半的魅力。鷗外的作品是如此，漱石的作品也是如此。要求小說中洗練的客觀描寫，依據日本式嚴謹作風描寫人事、物象、風景的存在感和精確性的態度，是日後自然主義和白樺派的一貫主張，而再後來的日本近代文學受此鑑賞方法所束縛，則是眾所周知的事了。

因此我們讀紅葉時，首先必須以一種觀念性的鑑賞方式進入。如此一來，不只能享受閱讀幽默、戲謔或頻頻出現的警句，以及相當寓言性架構的愉悅，還能自然而然地認識到明治文學所具有的、毋寧說是健康觀念的性格。

關於《金色夜叉》（明治三十年一月～三十五年五月連載於《讀賣新聞》）的內容，由於熱海海岸的「阿宮之松」已把虛構故事的場景現實化為觀光景點，在此實在沒必要多作解說。

貫一淪為高利貸商，還企圖對女人復仇，這種不切實際、情緒化且認真過頭的態度，由於缺乏日本近代文學特有的自嘲和反諷，也許現代人讀了會感到滑稽也說不定；不過鏡花從老師身上學來的，正是這種對當時金權主義激烈又悲劇性的抗議。而金權主義在社會主義稅制的庇蔭下，算是穩當受到保護的現代，其實卻是比起《金色夜叉》背景年代更為嚴峻的金權主義時代；然而像如今這種少有聽聞抗議金權主義的時代，也是相當罕見。這是因為在現代，人們缺少了用來對抗金權主義的戀愛的理由。在《金色夜叉》裡，和金錢呈鮮明對比的戀愛主題，其實有著超出主題之外的暗示，這即是關乎戀愛的禁慾主義，這和儒家道德中的節儉有密不可分的關聯，當中還殘存了輕蔑金錢的武士道德、純粹的理想主義……不！所謂青春，原本就帶有非功利性質，在當時社會盛行以出人頭地為人生目標的背後，明顯存在且運作著，而同時也活在讀者的心中。因此，故事中不切實際且認真過頭的態度才能成立。如今若還把戀愛擺在金權主義的對立面，肯定會被認為不合時宜；若因此讓《金色夜叉》顯得落伍的話，那麼鏡花之新穎，可謂推出「妖怪」來對抗金權主義。這種俗世VS妖怪的構圖一點也不落伍，也是讀者在當前諸多現象中，活生生感受到的事實。

《金色夜叉》中最廣受喜愛和佩服的知名段落，其實並非戀愛或復仇這類戲劇性場景。

反倒是貫一在夢見阿宮死亡的噩夢之後，夢中的記憶在腦中揮之不去而備感絕望時，因工作赴鹽原旅行的章節。在《續續金色夜叉》第一章（一）之二段落中，那是名氣大到那個年代的人們爭相背誦、給予高評價的名文。

列車疾駛，景物變幻，境域越轉，旅客更替，貫一始終未能消除內心的抑鬱，也沒有排解之道，一個人孤獨而疲倦地度過五個鐘頭，終於在抵達西那須野車站時下車了。

以這段為起頭，富節奏感地描寫風景、關於內心獨白的章節，雖說是當年的名文，但即使是今日，每每讀到此處仍能感受到新穎的藝術效果。

在這一節裡，貫一的腦海中有兩種想法並行，隨著風景變化而浮現於腦海中：亦即面對現實人生的殘酷所產生的慢性憂鬱，以及在未醒之夢所存在的澈底終結的悲劇。無論是多可怕的噩夢都反映出貫一的願望。對活著已備感疲憊的貫一，期待如此純潔又激烈的結果，儘管明知是一場夢，仍覺得已在心中做出了了結。苦澀人生的行進和美好生命的終結，醜惡的憂鬱和美麗的哀愁，在貫一心中，彷彿自葉隙射入的陽光和樹影交錯，隨著目光移至鹽原的美景，往事歷歷在目而停不住。很明顯的，這與其說是小說，不如說更像淨琉璃或能劇中男女殉情行的片段場景；以日本文學中近似「道行」這樣傳統技法的細膩心境表現，充分展現其中的微妙性、時間性和流動性。

《金色夜叉》在當時屬於大膽的實驗小說，不過今日看來，比起具實驗性質的部分，傳統的面向還更具新鮮感。

年輕時的鏡花，如果想像自己死後也能和尊敬的紅葉一樣，將作品編纂成一冊全集的話，恐怕會欣喜若狂到快死掉吧！這就像和最敬愛的人埋在同一墓地般為無比光榮之事。

事實上，鏡花終其一生不斷向世人吹噓自己對已故恩師所懷抱始終不渝的熱烈愛慕。不過若把《婦系圖》那樣的有名事件（紅葉以師尊的威嚴，冷酷拆散鏡花及後來成為鏡花夫人的藝伎間的戀情）一齊觀之，總覺得殊屬可疑。不過鏡花無論對任何事，以現代的話來說就是所謂的「over」（太超過）；他厭惡狗和潔癖也是聞名遐邇，說霍亂流行就用火盆裡的灰將稿紙一張一張消毒，說文字重於一切就將百貨公司包裝紙上的文字剪掉後轉為他用，總之是一個凡事都帶些裝模作樣的人。我認為這比起江戶之子的氣質，更多是耽溺於江戶文化的金澤人狂熱的北方性格。這種偏執性格很近似於同樣是金澤人，看到客人穿越庭院時不慎踩到一點青苔就吹毛求疵的室生犀星。大致而言，倫敦也有類似的情形；比起真正英國人還難應付的「典型英國人」，其實是歸化人士的還不少。也正因從小成長於都會的人生性更無欲無求，反而不會特意參與打造都會獨特文化的生成。

雖然如此，鏡花確實是一個天才。他超越時代，自我神化、創造出日語中最具冒險性的文體，在貧血的日本近代文學沙漠中，造出一座生生不息的牡丹園。而且他並非從智能的優越感、利爾—阿達姆[3]風格的貴族主義，或是對民眾的侮蔑及藝術至上主義的觀點來達到這個成就，而是持續結合世人調和的感性，開拓日語中最奔放、最高的可能性；他使用講談[4]、人情故事等庶民語言，並以大海般的豐富詞彙完成不朽之作，同時近乎赤手空拳闖入高度神祕主義和象徵主義的密林中。鏡花的文體並不刻意飾以理智的反時代性，反倒是藉由日本近代文學中已遭遺忘的連歌[5]曲調的發展與想像力，來恢復日語的榮光；以自身作為藝術家反時代精神的借鏡。這位作家由衷深信語言和幽靈，以最純粹的浪漫主義者，逼近E．T．A．霍夫曼[6]的境地。

鏡花文學一直以來都受到一些愛好者的尊崇，不幸的是，那些愛好者很難說是鏡花的真正知己。為什麼呢？因為大多數愛好鏡花的作家，都醉心於他的情調與技巧，並將鏡花視為自身技巧派文學的盾牌而擁護。由於鏡花不喜理性辯論，因此他身邊的人都會避開理性的談話。金澤人的鏡花可能深信，所謂的都會人就是富俠義心腸、開朗而不談無聊的大道理，且總愛說些俏皮話的人們。

鏡花對於日本那些在智識上的傑出人物心懷畏懼，頗為趨炎附勢；他的作品喜愛描述反抗權威的青年男女，自己卻對世俗權威相當順從。鏡花的小說有著將大學教授或名醫描寫得如神一般的評價。他在小說裡狠狠地嘲笑鄉下警察（例如《日本橋》），卻在現實生活中對上門查戶口的警察弓腰哈背。

評論家們對於鏡花文學的誤解和膚淺見解，也有部分原因是來自他這樣的生活態度。其中只有芥川龍之介那篇有名的鏡花全集推薦文，雖有如瓦勒里[7]獻給馬拉美[8]的

3 Auguste de Villiers de L'Isle-Adam，一八三八～一八八九，法國小說家、劇作家、詩人。
4 日本傳統技藝之一，類似中國的說書。
5 流行於日本鎌倉時代至室町時代的和歌形式，以五七五為定型長句、七七為定型短句，兩者交互連結而成一首歌。通常在至少兩人以上的集會中，一個個依順序吟詠。
6 Ernst Theodor Amadeus Hoffmann，一七七六～一八二二，德國浪漫主義作家。
7 Paul Valéry，一八七一～一九四五，法國詩人。

短版讚辭，不過長久以來，鏡花都被視為缺乏思想的藝術至上主義者，其文學屬於職人的神乎其技。因此我敢斷言，鏡花生前沒有任何真正的知己。

鏡花一方面繼承秋成[9]以來怪奇小說的傳統，以及老師紅葉身後硯友社風格的寫實小說手法；另一方面則踏足幻想或超現實言語體驗的稀有世界中。《天守物語》中的妖怪說出那種輕蔑人類的話語，《風流線》中一舉粉碎通俗布局、如希臘悲劇般意外的大團圓，真是太過新潮（！）到別說是當時的讀者，就連評論家都無法理解。

我相信這個時代正是重新評價鏡花的最好時機。

接著，在擦去了略顯陳舊的新派劇[10]作家印象之後，才能夠展現如下的鏡花新形象。總而言之，鏡花在明治以來的日本文學家當中，確實是罕見的日語（言靈）靈媒；他的語言體驗遠遠超越他的教養、生活閱歷和時代的侷限。如今看來，這是相較於同時代其他的文學家，再明白不過的事實。鏡花在以風俗人情為題材的小說裡，總是固執地保有富浪漫精神的自我，僅僅追求潛藏在自我深處的故事。那是無與倫比的美麗、無與倫比的溫柔，同時也是有著無與倫比可怕之心的熟年美女和纖細美少年間的戀愛故事。女性經常展露保護者和破壞者的兩面性，能最自然結合此兩面性的是如迦梨[11]般的女神或日本妖怪。而作者的自我，就宛如走鋼索般在憧憬和畏懼間保持平衡而行。鏡花常以敵對的姿態來描寫權力和世俗（即「庸俗」），其實他並沒有真正與其對抗的意志，因為他未曾嘗試努力去理解其內涵。同樣作為超現實主義的前衛文學作品先例，鏡花文學比起谷崎潤一郎文學更具深奧的、以性愛為基礎的戲劇性結構，在日本近代文學史上可謂鶴立雞群……

那麼，在鏡花龐大的作品中，哪些作品一定得收錄在其頁數有限的全集當中呢？真是讓人傷透腦筋。盡是挑選無論哪部全集中都會出現的作品也很沒意思，因此挑選較罕見的〈黑百合〉為早期作品代表；接著〈高野聖〉[12]為短篇小說代表；〈天守物語〉為劇作代表；晚年作品則取〈縷紅新草〉為代表。我知道光以這四篇作品自然不可能一窺

---

8 Stéphane Mallarmé，一八四二～一八九八，法國象徵主義詩人、散文家。

9 指上田秋成，為江戶後期作家，以著有《雨月物語》而聞名。

10 明治中期為普及自由民權思想的大眾戲劇。明治三十年代新聞界稱歌舞伎為舊派，稱這種戲劇為新派。

11 Kali，印度古婆羅門體系的神祇，造型通常為擁有四隻手的凶惡女性，四隻手中有的持武器，有的提頭顱，腳下踏的是其丈夫濕婆的身軀。

12「高野聖」指的是日本中世自日本真言宗總寺院高野山下山、雲遊各地化緣的下級僧侶。

鏡花文學的全貌，不過我希望已透過這四部作品認識鏡花的讀者諸公，能盡早翻讀鏡花全集，並且和我一起嘲笑那些至今仍怯於承認鏡花文學真正價值的「庸俗的」知識分子。

〈黑百合〉（明治三十二年六月～八月連載於《讀賣新聞》）為浪漫主義的傑作，如同諾瓦利斯[13]所寫的《藍花》（*Heinrich von Ofterdingen*），鏡花則寫下了更幽玄的黑色之花的故事。

身為華族卻淪為盜賊的美少年瀧太郎與純情可愛的美女阿雪，好不容易才得到黑百合，卻被聚集而來的蝴蝶和大鷲襲擊。誓言一同赴死的瀧太郎平靜的眼神，象徵人間最高貴的人性，成為此作的最高潮。其實這不過是科學家的夢境幻想，然而通篇的結構在此處凝聚，作者的思想結晶於焉成形。換言之，這個場景就是〈黑百合〉這部藝術作品意圖在世間實現的「現實」。

「科學家衷心承認，就算十個我再加一百個，也遠不及那少年的事實。

譬如自己的眼睛失明，少年的眼睛卻如秋水般清澄、如星星般閃耀光輝。我在阿雪的照顧下活下來，卻於河渠旁的瀑布陷入死亡險境；而少年以溫柔的舉止、斗大的膽子，沿著河渠前來救援，正和眼前那頭凶猛的大鷲展開搏鬥。」（五十六）

在這裡，作家把活在滿是私慾與利害的現世人們和無私的浪漫熱情，原原本本地做出對比。這不同於只能以戀愛取代這種情懷的老師紅葉，鏡花從一開始就清楚世上不可能存有如此的浪漫熱情。由此，鏡花比起老師紅葉，難道不更是一個現實主義者嗎？

鏡花以〈高野聖〉（明治三十三年二月刊載於《新小說》）確立小說家的地位。〈高野聖〉是鏡花將所有思緒毫不遺漏凝聚而成的短篇小說，文體跳脫輕佻，邁入成熟的境地，讀者的意識不會像讀〈黑百合〉時感到突兀，而是在充分的準備下被緩緩引導到很高的境界。

13 Novalis，一七七二～一八〇一，德國浪漫主義詩人、小說家。

我認為〈高野聖〉成功的原因之一，不就是以讓人想起能劇配角僧人，這樣的旅僧故事布局嗎？鏡花藉由傳統的敘事方式，將筆下的幻想世界完美裱入和現實間的畫框，因而容易獲得人們的共鳴。此外，主題像英國小說《洞窟女王》[14]一樣有長生不老的魔性美女，美女擁有一副閃耀惡之光輝的美麗肉體，和日本通俗圖畫故事[15]中常見的醜陋白痴丈夫呈現強烈對比，當中可說已潛藏著群眾喜愛的要素。

「溫柔中透著堅強，看似輕鬆卻顯沉著，孰不拘禮卻大度得不容侵犯，是無論發生任何事都不致驚訝，而且能處理妥當的女性。」（十七）

這肯定是鏡花理想中的女性。在小說中登場時，即是一種以手觸摸即能治癒病人如聖母般的存在；不過，那存在既是一股神聖的療癒力量延伸，又是一名僅僅吹口氣就能把人變成獸的魔女。可是另一方面，她對白痴丈夫卻殘留著不知是無情抑或溫柔如母愛般的愛情。而作者的本意其實是希望被這種倔強又溫柔，具有彷彿會滴落「淡紅色汗水」的極美肉體的女性，以孕育生命和人性危機的方法所愛，而且是自己才有的特權，受到特別的恩寵而活著歸來。

不正是此願望之下的特權意識，代表鏡花確有詩人的信念嗎？換言之，深深地浸淫在感官之毒中，無論多麼深入理想與幻覺相接之境，只有自己才能毫髮無傷地得救。不過，他之所以得救，並非源於自身的努力或奮鬥，而是來自純潔的魔性美女唯獨對自己例外付出的溫柔，才予以得救。所謂被愛就是指這種事；也因為這樣的愛，而免於墮入淵藪之中。鏡花於此賭上了身為藝術家的自尊心。他肯定認為有資格獲得如贖罪券般愛情的自己，不同於那被美女變成一隻馬、從富山來的可憐藥商，因為自己具有直視並表現美的能力，也具有不受一切道德偏見所囿、如實承認美的能力。那麼，那樣的藝術家究竟算是什麼呢？他本身是個一半歸屬魔界、另一半統治妖怪而創作的人。接下來要講述的〈天守物語〉正代表著鏡花要成為這種人的決心，他打破戲劇性結構的常規，在最

14 又名《三千年艷屍記》或《她》，原作為英國作家亨利．哈葛德於一八八七年出版的非洲冒險小說 *She: A History of Adventure*。

15 日語為「草双紙」，盛行於江戶中期至明治初期，初始為以婦孺為對象的圖畫書，後逐漸演變為具文學價值的「江戶小說」。

後一幕創造出擁護人性（對鏡花來說，只有妖怪才能保持純粹的特質）的雕刻師桃六。

順帶一提，關於〈高野聖〉，我們應該理解描寫走過滿是山蛭的森林場景的寫實手法，這是成就了後段超現實場面的重要條件。而且因為有白痴丈夫的出現，讀者才能將立足於清流中裸身美女的豔姿銘印在心。

〈天守物語〉（大正六年九月刊載於《新小說》）是鏡花劇本中的最高傑作。戰後新派導演千田是也以及飾演天守夫人的花柳章太郎、演龜姬的水谷八重子，搭配法國作曲家德布西的〈雲〉作為伴奏，可能是這部作品首次的登臺演出。雖然後來歌舞伎也有演出，不過這場精采的首演至今依然讓我感動不已。那是因為鏡花的臺詞，經過歌舞伎式臺詞和歌舞伎固定形式的演技處理後，其詩意就被沖淡了。

過去戲劇圈只懂得把鏡花的小說改編成通俗劇，直到他死後才發現他是一位相當獨特、不尋常，甚至是嶄新且具有讓人驚異獨創性的劇作家。他那些尚未演出的劇本中，也都是一上演就能讓人瞠目結舌的佳作。可以說鏡花率先以〈天守物語〉，在戰後的世界復活了。

從揭幕時女童的手鞠[16]歌展開，接著在天守的第五層，以五名侍女（其實都是妖怪）用五色的釣線在松樹與杉樹間垂釣作為序曲，真是精采。用露水釣取秋草，是多麼卓越的想像。此時突逢雷雨，披著蓑衣的美麗的天守夫人富姬（眾妖之首）回來了……那些若能恣意施展魔力，無論多殘酷的事都敢做的無道德卻美麗的妖怪們，受到年輕人的真情深深打動，因而守護他不受人世間邪惡所傷害。

不過，由於獅子頭像的眼睛遭追兵所傷，以致一起失明的戀人，因桃六才獲得解救的場景，看得出是「天外救星」（Deus ex machina）的手法，而且還限定救星是藝術家，可看出鏡花自天賦稟性中充分展現浪漫主義者的面貌。

至於臺詞中難以形容的精采部分，則是在天守夫人回來後，那段描述一群獵鷹人遭雨襲的長臺詞。面對如此強勁、富節奏感及想像力的優美臺詞，日本新劇作家們真應該慚愧至死。

16 又稱手毬，一種以彩線在球體表面纏繞出美麗圖案的日本傳統玩具。

對於〈縷紅新草〉（昭和十四年七月刊載於《中央公論》），我個人有一段回憶。祖母是鏡花的瘋狂粉絲，因此我從小就有機會得見鏡花的初版書，並視購買鏡花新作為理所當然之事。還記前往澀谷一家書店對店員說「我要買〈縷紅新草〉」時，店員大吃一驚後失笑。當時我還是十四歲的中學生。

〈縷紅新草〉彷彿浮現在白晝天空中的燈籠，清澄、豔麗、細緻，絲毫沒沾上土的汙濁；而且還沒點燈，本身就像是一首無意義、簡短而大膽的詩。這也是一部能劇氛圍的作品，三十年前的殉情事件已經走入記憶深處，而今小陽春天的午後，在趕去掃墓的美女和初老男人心中，事件隨著幽靈般的蜻蜓又漸漸甦醒。實際上，幽靈雖在小說結尾現身，卻只是遠景中的點綴。阿米散發出美豔熟女的香氣，「老男人」一生卻不斷繚繞著悔恨的記憶。

我不得不說，晚年的鏡花身處戰爭陰影壓頂的時代，寫下如此明朗的詩，就意味著一封遺書。鏡花一生的寫作也許不過只是一場清淡而美麗的白日夢，那麼為什麼白日夢比現實更永恆地存在呢？人們不是確信唯有作家的苦惱能超越時代？只相信語言而度過艱困時代的作家，臨老時從白晝的幻想中，窺見永恆不朽的女性神祕之美的詩篇，在同樣滿是艱困和夢想的近代日本歷史當中，具有何種意義呢？我想起世阿彌理想中的那朵真心之花：

「此為生長於真心的花，故『能』，枝葉亦少，直至老木，花仍不散。此為眼前，老骨仍能開花之證據。」（風姿花傳）。

谷崎潤一郎

我最近經常在思考的是日本，特別是近代日本，為什麼在藝術上的成就與綜合性教養無法達成一致呢？最近，安倍能成[1]和小泉信三[2]先生等人相繼過世，讓人深感大正教養人的時代結束了。這些人所具備的綜合性教養，與其藝術上的成就完全無關，只不過是一種業餘趣味（dilettantism），他們原本就志不在藝術家，如此的結果也是理所當

1 一八八三～一九六六，日本的哲學家、教育家和政治家，為夏目漱石的得意門生，曾任戰後第一任文部省大臣及日本皇室博物館館長。

2 一八八三～一九六六，日本經濟學家，曾擔任日本皇室東宮皇太子（後來的平成天皇）的老師，被視為戰後保守派知識分子，著有《小泉信三全集》二十八卷傳世。

然。另一方面，像谷崎潤一郎這樣達到藝術成就的天才，卻不具綜合性教養人面貌的情況，也讓人揣想兩者有所關聯；若將他和未達到藝術成就卻深具教養的正宗白鳥等人做出對比，則令人備感興味盎然。

雖然有人批評，比起鷗外、漱石等人的時代，人們的思考變得更狹小且專門。這樣嚴苛的批評卻忽視了藝術家為完備自身的藝術成就，而對時代付出的莫大犧牲。如果能成功集大藝術家和大修養家於一身自然很好；一旦失敗了，活在進退失據的時代，只能像遭遇船難時為搶救船隻把貨物扔向大海般，放棄做一個具綜合性教養的知識分子，並成功取得藝術上的成就。

不過，人世間上演的戲碼，未必能如此順遂地基於自己的意志或刻意安排下進行。像這種放棄做教養人而順利成為藝術家如此的天真論調，可別小看藝術之神了！

谷崎潤一郎在批評別人時是一位三流的評論家，但他在自我批評上卻是一等一的評論家。在他八十歲的生涯當中，他幾乎不曾誤判自己的資質，真是令人驚嘆。像橫光利一那樣雖兼具優秀的才能和感受性，卻多次誤判自己的資質，兩相對照下，谷崎之敏銳可說近乎神明。

如果所謂天才一詞，是將藝術上的成就作為唯一基準並據此定義的話，雖可定義為「絕對不誤判自身資質，並能深信不疑的人」，然而此定義即是一種循環論證[3]，就像指稱「所謂天才，就是對於自己是天才深信不疑的人」。尚・考克多[4]留下了很有趣的句子：「雨果[5]，是一個相信自己為雨果的狂人。」

谷崎在初期作品〈神童〉（大正五年）中，已經表明不相信所有的知性教養，而正因這樣的認知，讓人可由此探索、建構谷崎思想的軸心。與此同時，他也發現了自己的資質及其證明。

「我並非那種在孩提時就很自負的純潔無垢之人，也絕不是具有宗教家或哲學家資

3 *circular reasoning*，指把尚未證明或解決的論題放在前提中，若承認了前提就不得不承認結論，為一種迴避主題的邏輯錯誤。
4 Jean Cocteau，一八八九～一九六三，法國詩人、小說家、劇作家、導演，著有詩集《阿拉丁的神燈》、《奧菲斯的遺囑》，曾執導《可怕的孩子們》、《美女與野獸》。
5 Victor Marie Hugo，一八〇二～一八八五，法國浪漫主義文學代表人物，著有《巴黎聖母院》、《悲慘世界》等。

質之人。我之所以看出了自己的稟性，只因我是天才，在各方面理解力都比其他的孩子更顯著發展。我的意志力太過薄弱，以致無法接受禪僧般枯淡的禁慾生活。我的感情過於敏銳。我肯定不是為講述靈魂不滅、而是為謳歌人類的美才誕生之人。我至今依然不認為自己只是凡人，且無論如何都覺得自己具備天才的資質。當我覺察自己的真正使命，詠嘆世間之美、謳歌宴會之樂時，我這位天才將會展露真實的光輝。」（《神童》）

不過，我們除了看見他自由地探索自己之外，同時也必須理解〈神童〉的寫作背景是在明治三十年代的日本，也就是還殘留儒教濃厚的禁慾主義以及和其互為表裡、出人頭地為人生唯一價值觀，這樣充滿巨大壓力的時代。

鷗外的國際級教養看起來揮灑自如，實際上卻被這條雙頭蛇纏住了腳。下一個世代的青年，為了完全甩開那條雙頭蛇，殺死雙頭蛇是一個辦法，然而與此同時，原本由雙頭蛇的束縛所撐起的追求知性世界的欲望，也就此被扼殺了。這是無可奈何的事。總之在這種情況下，一位純粹的藝術家誕生了。

〈神童〉帶有谷崎少年時期的濃烈投射，青年谷崎以藝術家之姿誕生，已在〈刺青〉（明治四十三年）裡清楚得見。但我們可以透過前述〈神童〉中引用的段落思考，究竟是自我解放？抑或是一種斷念？將成為評價谷崎文學的關鍵。如果是因斷念而獲得藝術上的成就，這樣的成就代表的應是對自由的放棄吧；如果因積極的自我解放而成為藝術家，藝術上的成就和自由就算是完全一致。在他的意識裡，到底前者或後者為重自是另當別論，但我無法不好奇他獲得自由的依據——那個依據在於全面承認官能的感受性，也就是性愛（Eros）。

我認為他在人生初期，體會到有關自由的似是而非的論點。也就是說，以具有知性的自由精神或自由意志作為自由的依據，就是一種自我矛盾。因為如此一來，等同以作為目的及前提的自由，來解釋獲得自由的結果。可是，如果以性愛為前提又是如何？此時，關於自由似是而非的論點將能完美地被隱蔽；因此，以性愛為依據的自由，同時也是精神自由最強大的敵人。

谷崎把性愛視為自由的依據。他把最強力束縛自己之事，當作無法束縛自己的依據。在此，斷念就是放棄自由，解放就是獲得自由，最終同歸於一途，成為藝術創作的倫理。他終其一生努力追求的，即是藝術創作上所使用語彙和文體的嚴謹。

性愛自身的特質也很重要。施虐式（Sadistic）性愛適合文藝批評，受虐式（Masochistic）性愛更適合打磨藝術。前者雖因厭惡受束縛而破壞規則，以致有感受力枯竭的危險；後者則偏好受其愛慕對象所束縛，以保障感受性的持續豐沛。理想的作家並不會刻意區分這兩種狀態，但若說到偏好何者，應以後者為佳。儘管如此，谷崎的性愛傾向，最適合解決前述自由問題的性質。他身為自我批評的高手，不可能不澈底利用自己的資質來進行藝術創作。

這寓言已在〈刺青〉裡清楚地娓娓道來。以灰色的自然主義文學為背景的〈刺青〉，究竟是如何表現出陰霾天空下絢麗盛開的牡丹之美，真是超乎想像；而且這部作品彷彿成為谷崎文學的序曲，將他從晚年的〈鍵〉之前所有作品（〈瘋癲老人日記〉有點算是例外）的特質完全提示出來。換言之，他的小說首要即是美味。就像製作中式或法式料理，烹調精緻的料理之外，還大費周章調製醬料，讓人們享用到平常不會上桌的珍奇食材，而營養也很豐富，令人們陷入陶醉、恍惚而達到極樂的境地；並同時提供了生之喜悅和生之憂鬱、活力和頹廢，而且在本質上亦不妨礙身為大生活家應有的常識基礎。谷崎無論寫任何事，都不會令人感到不愉快。我年少時，一位美麗的阿姨曾逗趣地問我：「你在看谷崎的變態小說嗎？」她那美麗的臉龐不知為何浮現出喜悅之情。谷崎文學縱然有些異常的特質，卻是讓成年人私下滿足、女人祕密感受喜悅的異常。戰時在箝制言論政策下連這種作品都遭禁止，只能認為是因欲求不滿所致。谷崎文學，絲毫不含任何危及國家存亡的成分。

鬼子母神[6]是以消除食嬰孩之罪為契機，後成為和藹可親的歡喜母神，若探究谷崎的性慾本質，也很像鬼子母神的情形。通常鬼子母神的形象不帶任何恐怖傳說的痕跡，而是體態豐滿、具肉體美的坐姿，左手抱一嬰孩，由五個孩子圍繞的形象。對谷崎來說，所謂女人就具備了這種兩面性：如慈母般流露女性崇高的一面，是他對亡母的投射；而有如鬼子母的另一面，則是以衍生奈歐蜜主義（Naomism）一詞聞名於世的〈痴

6 鬼子母為佛經中人物，原是神通廣大、以嬰孩為食的夜叉神靈，後經釋迦佛感化，成為佛教護法神，也是婦女、孩童的守護神。類似臺灣民間信仰的「七娘媽」或道教的「註生娘娘」。

人之愛〉女主人公為代表，連後者也將放縱的利己主義（egoism）和肉體美，視為崇高事物加以崇拜。女性的這兩種形象，在他晚年作品〈瘋癲老人日記〉主人公的極樂往生幻想中，巧妙地融成一體。

以後者女性形象為主的〈刺青〉、〈春琴抄〉、〈鍵〉，以及前者，也就是以慈母形象為主的〈戀母記〉（母を恋ふる記）、〈少將滋幹之母〉；若要在這兩類作品中談論谷崎文學，絕對不能忽略以慈母形象為主題的系列作品。

因為這些作品抒發了對女人最純潔的愛，若以一般戀愛小說的特質來看，此一主題下的作品反而更像戀愛小說。然而，慈母的形象完全沒有性慾的影子嗎？實際上未必如此，而這也是谷崎文學的特質。不過，母親的情慾形象，並非一種有自覺的欲望對象，而是受到無意識的、未成熟的，以及對未知的仰慕所支配而生，所以此時的主體非得是孩子不可。因此〈戀母記〉也以夢境為主題，主人公變成七、八歲的男孩，對於幼時模糊記憶中的鄉愁，如月夜般將一切抹上了悲戚的色彩；而我們對死後另一個世界的想像也是來自幼時記憶，並常因此抹上同一道月夜之色。源於〈戀母記〉中的母親形象，在〈少將滋幹之母〉裡大放異彩。儘管滋幹已是青年，在終於找到思念已久的母親時的感人場面，非得再變回六、七歲的孩子不可。

「透過花朵照射進來的月光，在白色帽簷下的母親臉龐顯得有點朦朧，看起來可愛又小巧，又像身後綻放的神祕圓形光芒。四十年前的春天，在幃幔裡被母親抱在懷中的記憶，如今又清楚地浮現出來，在那瞬間，他感覺自己又回到六、七歲的幼童。」

對於母性如此醇化的憧憬，在性慾不經意入侵的剎那，眼前的女人立刻變身為如同〈刺青〉或〈春琴抄〉的女主人公般，美麗的肉體中潛伏著一種陰鬱惡毒的魔性，這正是谷崎文學中獨特的女性面貌，實在有趣極了。

不過，仔細觀察這些女人的惡，與其說是女人與生俱來的惡，毋寧說是在男人要求或期待下誕生的惡；這種惡不過就是「男人性慾的投影」。若更深入思考（可能難免會被認為想太多），谷崎文學並不像世人所理解那般完全肯定或解放官能。谷崎在無意識的內心深處還是堅持古老的禁慾精神，甚至認為一切的性慾都是惡，並且把那種惡投射在作為性慾對象的女人的性格當中；因此他筆下的女人就必須惡毒、殘酷，讓充滿性慾卻想否定性慾的男人完成自我懲罰的機制。於是，所有的一切不都是為了讓此機制順利運作，以滿足自我懲罰欲望為目的所構思出的戲劇？而女人不就只是這齣戲裡的一個道具？

不過，女人愈被視為道具，就愈美麗，愈發被崇拜；至少谷崎在那樣的戲劇裡，透過崇拜女人的肉體，同時崇拜了自己的性慾——即自己的惡，發誓永遠忠於〈神童〉的主題。這種對於惡的矛盾，絕對不會發生在已濾淨官能愛、「憧憬母親」的世界裡。

在谷崎這種性慾結構之下，衰老不是那麼需要害怕的問題。谷崎的受虐癖打從一開始就和自戀性格缺乏親密感，以致他終其一生不具有梅勒（Norman Mailer）所謂的「陽具自戀」（phallic-narcissism）性格[7]。對谷崎來說，「陽具自戀」雖是必然展開的行動和戰鬥，其結果卻又繫於當中飛蛾撲火般的光榮感，因此不過就是個礙事之物罷了。〈春琴抄〉裡佐助刺瞎自己眼睛的行為，雖然微妙地暗示著「去勢」，然而性的三昧境[8]最初即是在跪拜絕對不能性交的愛情中的夢裡實現。如此一來，衰老就不再那麼具悲劇性，毋寧說正因衰老＝死＝極樂（nirvana），反而很接近通往三昧境的道路。谷崎身為一名小說家，他的長壽果然具有藝術上必然性的長壽。因為這位神童從一開始就走上為達到知性的極限之境而早逝的相反道路。

衰老同時意味著作家思想衰亡的作家，可說相當悲慘；而肉體的衰老若和其思想及感性徹底違逆的作家，也實在很悲劇（想到我自己，不由得毛骨悚然）。連海明威、佐藤春夫都是那般悲慘的作家，我自己先姑且不論，包含林房雄、石原慎太郎也生活在那樣的預感之中。有趣的是，這類屬性的所有作家都隱身在「陽具自戀」人格之下。

谷崎的自戀，完全來自他身為大藝術家和偉大天才的自負。他在所有藝術上的心血，以至創作上嚴格的道德標準，都完全建立在這種自戀的自我確信之上。

另外，在他的性慾結構裡，性愛的主體就是刺傷自己的雙眼、肉體趨近於零的狀態；愈是處在陶醉和恍惚，對方的美、豐盈和無情也愈發明顯。換言之，性愛的主體若捨棄肉體，體現在性愛觀念本身，愈能提昇眼前之美的純粹。他在晚年作品〈鍵〉所描寫的衰老，即是存在於以佐助的行動為原點、自然延伸的脈絡上。這種思想在〈瘋癲老

7 美國小說家諾曼．梅勒認為「男人忌妒、畏懼女人的生育力，為此十分想取代女人在生育中的角色」，因此為了拉下女神神話，必須建立陽具崇拜，讓生命的泉源來自陽具而非子宮。

8 源於佛教用語，三昧形容破除雜念、專心致志；三昧境則指稱精神達到的無我狀態。

人日記〉中臻至頂峰，肉體在夢見佛足石的恍惚間成為死的一部分，肉體在醫生的冷酷分析下歸零。這部小說的結尾提出醫生的診療紀錄，有人認為是畫蛇添足，我反倒覺得是誤解了谷崎的肉體觀。

崇拜女體，崇拜女人的任性，崇拜女人所有反理性的要素，其實帶有一種難以言喻的輕蔑。谷崎文學與女性解放思想有著一段非常遙遠的距離。他當然不會否定女性解放，不過他感興趣的僅僅在於女性解放後，發育得生氣勃勃的美麗女體而已。

至於「性慾」，崇拜和輕蔑可能更接近它的同義語。不過谷崎的情況不同，這種輕蔑源於他自身的矜持，而那究竟是怎樣的性格呢？那是知性者、觀察者、非肉體的驕傲呢？或只是男人的驕傲？又或是天才的驕傲呢？谷崎曾在《食蓼蟲》（蓼喰ふ虫）中引用淨琉璃的一句話：

「妻子的心中住著惡魔，還是蛇呢？」

而這顯然象徵著男人對已無法激起自己性慾的女人不得不展現的冷酷。我必須說這在谷崎作品中相當罕見地呈現所謂「性教養小說」的面貌，也就是圍繞在失去性愛的夫婦及其西歐知識分子的家庭生活；有一名活潑的白人娼妓，也有一名近松門左衛門[9]的淨琉璃中人偶般的老派女性登場，主人公有如擺盪在西歐和日本之間的鐘擺，終究受到日本式平靜無波的性慾（儘管輕蔑）所吸引，小說於此告終。阿久原是一名最愚笨、最沒有自我的女人，卻因身為女人，而成為最聰慧的女人。

不過這部作品中最精采的寫實場景，還是在開頭數章主人公對妻子性趣缺缺的描寫。男人即使被激起性慾，心情仍搖擺在輕蔑和崇拜的矛盾之間；而男人一旦失去對女人的性慾，將會變得多麼冷酷啊！在這裡我們看到了一個典型。儘管連精神上的殘酷都繚繞不已，不過原本這種「殘酷」就並非虐待狂式的愉悅，只能名之為貴族式的冷酷。

和這種性冷淡的地獄比起來，世界上所有的事物盡是歡樂和喜慶。對谷崎來說，女人無論如何都是創作那兼具輕蔑及崇拜的戲劇的要素，而且必須充滿生氣、活力和歡

9 本名杉森信盛，江戶前期淨琉璃及歌舞伎劇作家，為「元祿三文豪」之一，代表作有《曾根崎心中》、《國姓爺合戰》、《心中天網島》等。

笑。若非如此，女人不具任何意義。

相較於室生犀星那般，只要是女人，無論任何女人，都能因發現難以言喻的女性內心世界而感到愉悅的作家，谷崎絕對不是所謂喜愛女性的作家。抽象概念上的女人、普通及非特定的女人，都無法激發他的靈感。對他來說，女人無論如何要符合他對美的喜好，而且得強烈喚起他的性慾，這時女人才能真正散發出迷人的光輝，極樂淨土才會出現。

最後，我希望所有在日本從事作文教育者務必閱讀他的《文章讀本》。在這本書裡，谷崎毫不偏頗，以公平客觀的視角介紹古典至現代各種文章的不同魅力，同時溫和地主張自己的喜好，對於標準失衡的日本作文教育正是一劑最好的特效藥。我自己也有類似的經驗，小學時被迫接受如報告般單一、務實的錯誤的作文教育；中學時讀了《文章讀本》，才首度踏入文章的廣闊原野，並體驗到一股說不出的喜悅。

一

關於谷崎所有的作品，我已經評論過幾次，也不想再重複同樣的論調。新潮社即將出版谷崎全集的此刻，我相信讀者都已讀過那些屬於所謂正統的谷崎論，如今我想從另一種角度來看谷崎所有作品。或許能有如眺望表富士和裏富士一般，首度將他的文學成就以立體的面貌呈現。

我選擇〈金色之死〉（金色の死），作為自另一頭映照谷崎文學光輝的證明。

〈金色之死〉原刊載於大正三年十二月的《東京朝日新聞》，不過對自己作品評價相當嚴厲的作家本人很討厭這篇作品，因而未被收錄在任何全集內，直到谷崎死後，中央公論社出版的全集才將其收錄，讀者才得以見識此作。一般來說，作家自己特別討厭的作品，大多隱藏某個重要的契機。例如：川端康成屢次宣稱嫌惡自己寫的〈禽獸〉，然而眾所周知，〈禽獸〉不僅是傑作，也是從某個角度清楚映照出整體川端文學的重要作品。

在嫌惡與沉溺中，作家往往會不小心超越規矩。感覺超越理智的界線，破壞應有的形式，無意間讓人窺見廣大的原野。而且被帶進作家精心經營的園內，若不趁機一窺究竟，再也不可能從攀滿爬山虎的高牆中忽地打開的一扇門中，瞥見另一道廣大的原野。焦急的作家覺察自己的失誤，再也不肯帶領讀者走到那扇門。

若將〈禽獸〉之於川端與〈金色之死〉之於谷崎相比較，其共通點可說都是「可憎的隱藏之作」，不過圍繞在作品本身的種種事情卻正好相反。第一，反形式主義者的川端無論在人生或作品，總以被動的若無其事（nonchalance）見長，所以〈禽獸〉未必是比其他作品更為無形式、無限定性的毫無遮掩之作。他的所有作品皆是如此，〈禽獸〉不過是剛好以嫌惡為主題，並說以嫌惡和侮蔑為特徵的冷淡之愛，這一篇並沒有侵犯其他作品在形式上的尊嚴。在這一點上，谷崎的〈金色之死〉很不一樣。這位擅長以反覆修改、精心完成有如完美工藝品般作品的作家（雖然初期作品中也有例外），縱使以無止境揭發人性為主題，也不因而失去形式上的尊嚴。這位作家所厭惡的，是有如無意間流洩出的嘆息聲。川端和谷崎的共通點都是精妙的自我意識者，但其意識方向大不相同。谷崎的自我批評相當敏銳，對他人幾乎不具任何批評能力。

第二，若比較〈禽獸〉和〈金色之死〉，我認為前者為傑作，後者明顯屬失敗作。雖然我絲毫沒有要把兩位文豪的傑作和失敗之作並列而加以評斷優劣的意圖，不過谷崎不像獨創一套自我流派的川端，若想評論他總是保持協調、完美形式和結構力的作品，即使明顯屬於失敗之作仍不得不去探討。事實上，具有敏銳自我批判的谷崎本人也自認〈金色之死〉有藝術上的缺陷，如果可以，應該會想從作品目錄中刪除這篇吧！

然而，天才的奇蹟就算是失敗之作，毫無疑問也烙印著天才的印記，毋寧說失敗之作往往隱藏作家的諸多特質，以及往後並未持續發展卻很重要的主題。只要閱讀法國小說家司湯達的〈阿爾芒絲〉等失敗作，就能夠理解這種現象。

〈金色之死〉是一種思想小說或哲學小說，谷崎透過這個作品明確敘述之後或故意或偶然放棄的思想。想像「假如他並未放棄這種思想……」，正是讀者所擁有的特權。如果這個主題恰當發展下去，先不論其偉大性或規模程度，我們看見的谷崎文學也許很明顯會和現今所展望的面貌有很大不同。

〈金色之死〉描述「我」從少年時期以來的友人岡村頗具美感的一生，最後岡村在藝術上獲得卓越成就，「我」雖也獲得文學上的成功，卻很羨慕自己望塵莫及的岡村。

就小說常見的手法來看，為凸顯岡村的傑出，故意賦予敘述者「我」平庸的性格。雖然「我」的境遇和谷崎相似，卻完全是另一個人。我認為毋寧說透過設定這個和自己相似卻另有其人的「我」，作家才能夠自由地移情於岡村。

岡村「儘管和我同齡，卻是一個看起來比我小一、兩歲，身材短小而文雅的美少年」，他出身、成長於富裕家庭，以持續的體能鍛鍊成為有如太陽神阿波羅般的俊美青年。他討厭數學和歷史，擅長外語，資質雖好，畢業後耽溺享樂，逃避社會一段時間後，在箱根著手建設理想鄉以實踐「藝術體現」思想，最終在眾人讚美中遂行「金色之死」，成就了生命和藝術的合為一致。

這篇當然有受到愛倫坡（Edgar Allan Poe）與波特萊爾（Charles-Pierre Baudelaire）的影響。其中關於岡村的思想分析並不是很深刻，對理想鄉的描寫也流於概念化，不過比起當時其他作品，不容置疑的，這篇頗具驚人的獨特性。

岡村與「我」爭論美和藝術（我認為如果谷崎在這部分發展下去，這篇將會成為日本罕見的羅馬學〔roman-ideologic〕作品開端），岡村批判德國啟蒙運動時期作家萊辛（Gotthold Ephraim Lessing）。

（附帶一提，岡村最喜愛的畫家「日本是歌川豐國，西方是羅特列克（Lautrec）」，顯然大正文化的貧乏，就在羅特列克和馬戲（charini）[10]特別的情趣，以及岡村過於濃厚的唯美主義中表露無遺。）

岡村對羅德列克的批判，主要立基於他的一些固執想法而來：

（其一）「對藝術而言，不具肉眼的心眼毫無意義。我認為具有完整器官機能，是藝術家最重要的條件。」

（其二）「把藝術上的快感區分為悲哀、滑稽和歡樂，根本是個錯誤。因為世間理應不存在純粹的悲哀、滑稽和歡樂。」

（其三）「我完全不認同（詩的領域和繪畫的領域之間有界線一事）。」

（其四）「我深信若非一眼就可以完全看到的美，亦即若非存在空間裡的色彩之美或形態之美，就不值得創作為繪畫或寫成文章。其中最美的就是人的肉體。說到思想，無

10 原為一八八六年來日本公演的義大利馬戲團團名，一八八九年再次來日本公演引起巨大反響，使得日本人認為馬戲就是charini。因此當時有很多日本人稱馬戲為charini，一八九九年日本最初成立的馬戲團的名字也是「日本charini一座」。

論如何偉大，也不是用眼睛就可以感覺得到。因此，思想理應不存在美。（中略）美並不是思維，而是看一眼就能直接感受得到、過程極為簡單的事物。而且過程愈是簡單，美的效果也愈強烈。」（旁點為三島所加註）

（其五）「對我而言，最合乎理想的藝術，就是以音樂的手法來描述眼睛可見的美。」

（其六）「羅丹的〈莎芙之死〉之所以美，因其雕塑呈現了兩個人的肉體之美。那和薩福的歷史全然無關。（中略）因此，假如畫家可以選擇瞬間，就要掌握肉體達到最美、最強頂點剎那間的姿態。」

（其七）「（否定萊辛所說以想像力為基礎的《含蓄的瞬間》）無論拉奧孔（Laocoon）是悲嘆、是吶喊，或沾滿鮮血地呻吟，只要充分顯現出瞬間的肉體之美就夠了。（中略）當然是如此——我本來就最討厭想像那種令人不耐之事。只有明確呈現在自己眼前，眼睛看得到、手觸摸得到、耳朵聽得到的才是美。」

（其八）「最卑微的藝術品就是小說，其次是詩歌。繪畫比詩尊貴，雕刻比繪畫尊貴，戲劇比雕刻尊貴。然而最尊貴的藝術品，其實是人類的肉體本身。藝術始於把自己的肉體變美。……馬戲就是以活生生的人類肉體合奏的音樂，因此為至高無上的藝術。」

（其九）「人類的肉體中，男性美遜於女性美。所謂男性美，大多是模仿女性美而生。希臘雕塑所表現的中性之美，其實只是具有女性美的男性。」

（其十）「藝術為性慾之顯現。藝術快感就是一種生理或感官上的快感。因此藝術不屬於精神性（spiritual），完全屬於實感性（sensual）。繪畫、雕刻、音樂自是理所當然，甚至建築也不脫其範疇。」

二

從右列不厭其煩引用的十道箴言中，各位是否已讀出谷崎借岡村之口宣言自己的藝術論呢？實際上，谷崎在〈金色之死〉中宣稱的觀念性藝術論，可說是空前絕後。

我曾評價谷崎為「繪畫天才」。他把視覺藝術領域裡常見的自然理念大膽引進文學領域，這位作家終其一生堅守這在青年時期形成的觀念，除了法國小說家泰奧菲爾・哥提耶（Pierre Jules Théophile Gautier），再也見不到同類型作家。

我試著把以上十條簡化、概括如下：

（其一）視覺主義，官能主義。

（其二）否定感情——反浪漫主義。

（其三）否定樣式——反古典主義。

（其四）否定思想——肉體主義和野獸主義。

（其五）音樂性與繪畫性之調和。

（其六）否定歷史——否定時間——反歷史主義和極端主義。

（其七）否定想像力——此在（Dasein，海德格的哲學概念）至上的剎那主義。

（其八）透過肉體讓藝術與音樂性合為一致。

（其九）否定男性美——雌雄不分相（Hermaphroditism）。

（其十）否定精神——絕對官能主義。

如此列舉後，就會清楚知道岡村的思想是立基在許多否定上來論題，並因同時否定作為反對概念的兩種思想，而產生了矛盾。岡村不在乎這種理論上的缺陷，而是透過死亡，體現生命與藝術的一致，卻剩下作家獨自背負矛盾，陷入自我否定的藝術創作狀態。我的目的就是要弄清那種矛盾，分析谷崎文學如何在無法忍受矛盾而轉向之下，導致作家討厭起自己的作品〈金色之死〉。

（其一）的視覺主義、官能主義，尤其是谷崎前期作品的特徵，那是青年慾望強烈的坦率表白。而岡村否定失明的英國詩人米爾頓（John Milton）眼中的美，後來變成〈春琴抄〉中佐助之必然性，已然明確源自於此。由眼睛即視覺感官所捕捉到的美即將從這世上消失的瞬間，要留下美的唯一方法，唯有破壞產生美的感官根源（眼睛）。換言之，佐助的盲和米爾頓的盲有著相反的意義，谷崎由此回溯了柏拉圖的哲學思想。不過，年輕時的谷崎還無法想像經由失明能獲得感官醇化，因此岡村在未失去任何感官中，執著於美的完結性。

問題在於以視覺捕捉的美是否確定具有客觀性？（其二）透過把一切還原為抽象藝術上的快感（也可以說是性慾上的快感），試圖排除判斷美醜的各種情感成分，以確保美的客觀性。因此僅承認因純粹性慾而扭曲的美，完全排除具情感成分的主觀理由。不過，雖否定了情感的普遍性，另一方面又否定性慾的多樣性是矛盾的，而否定教條（dogma）的結果，亦否定了想嚴格區別藝術上各領域的古典主義。然而否定諸領域，等於否定情感、心理、感官表現形式的各種範疇，所以岡村企圖把所有藝術統一為「藉由純粹性慾所具有的普遍性單一表現形式」，這種想法是避免矛盾的唯一方法，也說明了他狂熱的性格，若為獲得美的客觀性，會制定任何教條。

「在不感不動境地，只能以性慾為基礎來判斷美、創造美。這並非依據古典主義的美的基準，而是以感官完全代替情感實行。」

我打算暫時稱此為第一命題。

三

其次，像這樣的想法當然會蔑視精神性。若排除情感，一味依據感官，風景或靜物之美難毫無疑問，但自然而然「最美麗的就會是是人類的肉體」（其四）。不過，在（其四）、（其五）、（其六）中有著矛盾。假使藐視思考過程，追求瞬間性和直接性的此在（Dasein）全體之美，就是和時間藝術——音樂搭配而妥協，一方面與音樂妥協，另一方面想完全否定時間性和歷史也是個矛盾。岡村也許會反駁，音樂持續的時間，和某種思考過程所需而持續的時間，甚或歷史性的持續都是毫無關係的純粹性持續。不過不論是多麼純粹性的持續，在一定時間的持續當中，肉體之美為「最美最強的頂點」的說法都不得不崩壞。而且若從音樂中排除了想像力，還剩下什麼？我認為讓絕對無感情的此在（Dasein）瞬間藝術和音樂妥協，應該是想以音樂代行自己否定想像力的作用。

於是，這個教條就形成了如下的第二命題：「不經由想像力為媒介，作為直接性和瞬間性此在（Dasein）總體之美，必須以音樂來添補想像力。美的享受者與美之間，除了純粹性慾之外，要保障不具任何媒介的直接性，必須導入時間藝術的純粹持續性。」

四

（其八）和（其九）所隱藏的矛盾，恐怕是最根本的矛盾。因為「藝術開始於把自己肉體變美」，岡村熱中於體能訓練，努力把肉體鍛鍊得更美，但同時，岡村身為男人也會依循感官需求尋找美的對象——女人。我們在此不得不下結論：「就人類肉體而言，男性美劣於女性美」。如果岡村像歌德一樣說出：「從純粹生物學觀點來看，男性美勝於女性美」，那就什麼問題都沒有。可是岡村實際上相信感官享受為一切美的客觀（！）基準，因而必須承認女性美的優越。那麼，他為何有必要「把自己的肉體變美」呢？其中就產生了矛盾。

藝術家是感官的泉源，是厄洛斯（Eros），若還是美的創造者、認識者、判斷者就很完滿了。為何非讓自己變美不可呢？我認為如果美緊抓住的對象僅是外在對象，在完全不帶思想、感情的情況下，就無法純粹客觀地掌握自己的肉體美，反而會將美導向混亂。而且岡村相信，美所根據的視覺感官為先驗觀念論，若這才是男性特質，男人想要變美，就必須放棄那種觀念。要放棄那觀念論，就也要放棄「看見」這個男性感官的特質，亦即自我否定美所存在的感覺泉源。如果一切的美只從男性的意識中產生，為讓這種強烈主觀哲學擁有客觀性，男人非得同時扮演兩種角色。也就是一人分飾兩角——美的創造者和體現者。就保有美的客觀性來說，岡村自己在外觀上就是美本身（而且為保有這種美，只能成為具有視覺感官的人，也就是能保障自己之美的，只有身為男性的自己），同時內心則是美所存在的感官泉源。經由身兼藝術家和藝術作品才能解決這種矛盾，並在將兩者合而一致的瞬間、自己理想之美成就同時，也停止了自己的感官。即以金粉扼制了皮膚呼吸，內心再也不存在任何事物，肉體成為他人眼中之物，也就是成為屍體的瞬間。

最終命題，如下所述：

「藝術雖都具有真實感，其客觀性的最終保障卻不在感覺和享受中，因為非得被感覺和被享受才存在，所以感官性創造的極致，只在於自我的美麗死亡。」

五

雖然像是一種執拗，在此其列出前述的三個命題：

第一命題「在不感不動境地，只能以性慾為基礎來判斷美、創造美。這並非依據了古典主義的美的基準，而是以感官完全代替情感來實行。」

第二命題「不經由想像力為媒介，作為直接性和瞬間性此在（Dasein）總體之美，必須以音樂來添補想像力。美的享受者與美之間，除了純粹性慾之外，要保障不具任何媒介的直接性，必須導入時間藝術的純粹持續性。」

最終命題「藝術雖都具有真實感，其客觀性的最終保障卻不在感覺和享受中，因為非得被感覺和被享受才存在，所以感官性創造的極致，只在於自我的美麗死亡。」

前面已經指出三個命題之間各有矛盾，我從〈金色之死〉抽離出的三個命題，恐怕已道盡了谷崎一生的美之理想，然而谷崎並未整體追究這些命題，也逃避不看失敗之作〈金色之死〉。關於此事容後再述，我認為他恐怕是察覺了持續追究的危險，因而停下了腳步。

本書所收錄的名作中，〈刺青〉、〈祕密〉、〈痴人之愛〉（痴人の愛）、〈春琴抄〉、〈卍字〉（卍）等屬於第一命題；〈細雪〉、〈少將滋幹之母〉應稱為歷史中非歷史性的一種純粹持續的音樂性（受文體所保障），故屬第二命題；只有最晚年傑作〈瘋癲老人日記〉因與〈金色之死〉有著奇妙呼應，保有一種諷刺性的對照，勉勉強強接近第三命題。可是談論谷崎文學時，不容忽略的是，要將其青年期作品〈金色之死〉帶點滑稽的悲劇性，與〈瘋癲老人日記〉的莊嚴喜劇性相對比。

雖然我不喜歡膚淺的精神分析批判方法，由於谷崎某時期曾非常醉心於克拉夫特·埃賓（Krafft-Ebing）[11]，請容許我以精神分析來評論他的作品吧！

如同〈饒太郎〉中主角的性傾向，喜愛肉體上的受虐癖（masochism）更甚於精神上的受虐，肯定會是隱藏誇耀自己肉體的自戀狂（narcissism）。〈金色之死〉就是昂然

11 克拉夫特·埃賓（Richard Freiherr von Krafft-Ebing 1840-1902），性學研究創始人，《性病態心理學》一書為其代表作。

表明這種自戀狂的作品。而且如果〈金色之死〉貫徹了純粹的自戀狂，在理論的整合下，就能把這部作品導向更終極的美。

可是在男性的意識中，美是「看見」的對象，在這道意識界限下，男性自戀者將會更進一步與可能無法相互表現或了解的形式結成一體，而這就是人類的宿命。男性往往不只是為療癒男性原本的強烈自戀，而是有意識透過某個對象來感受性慾，男性難道不正是一種朝那方向被馴化的存在嗎？**意識本身就是讓自我意識無法表現的原因**。

此後，我打算展開谷崎年輕時期的相關推理研究。他寫作〈金色之死〉時，假如要實踐這種思想，等在前方的，正是只有〈金色之死〉才能體現的藝術直接性和瞬間性的永恆，而他的藝術只有一種，就是以死為目的，直覺放棄認識未知的藝術。以認識自我否定為基礎的藝術，與以認識主體（觀者）為基礎的小說相差無限遠，例如芭蕾舞中的尼金斯基（Nijinsky），本就是以言語為媒介而存在嗎？只以肉體表現美而被保羅．瓦勒里稱讚為「絕佳自我表現」的舞蹈藝術，一曲接一曲，以音樂的終結替代死亡，宛如要藉此完結般，谷崎是否能滿足於藉由每篇小說的完結來模擬死亡呢？若想脫離言語與肉體的絕對二元性，人除了以肉體死亡為目標，再別無他法了吧？

看起來谷崎從否定〈金色之死〉開始，似乎就已否定了自殺。也就是說，人若想變美，肯定會被自殺的欲望所引誘，所以活著就是要放棄讓自己變美，是放棄〈金色之死〉藝術論的重大前提。自不待言，讓自己變美是此藝術論的最大矛盾，若非如此岡村就不存在；若非如此，就無法達成對認知的最終侮蔑；若非如此，人就無法進入毫無想像力的「無媒介之美」的理想鄉。因為要越過阻隔在創造者與被造物的美之間那道永遠的隔牆，唯有以死才能踐踏這個矛盾；換言之，唯有使真正的美所存在的自己感官根源歸結於無。後來，〈春琴抄〉的佐助發現部分自殺這個方法，不過這方法和認為原來自我是美的心理結構並無關連，明顯是認知者的方法。佐助的行為，可說是從感官導出的最高智慧。

六

儘管如此，若深入〈金色之死〉美之理想鄉的描寫，會倏地感到小說所受到的時代制約。米開朗基羅和羅丹雕塑的複製作、喬久內（Giorgione）的維納斯、克拉納赫（Cranach）的寧芙等西洋名畫的活人畫[12]，不論在羅馬還是中國，也不管是世紀末抑或密教美術的東西混淆，忠實呈現當時知識分子夢想和形式的混亂，甚至暴露失去統一形式的日本文化醜態。這部分的描寫，讓我想起堪稱世上最低俗的展示場——香港虎豹別墅。日本版休斯曼[13]對美好生活的夢，竟是如此寒酸。既無古典美，也無頹廢美，只有遊樂園的氣氛。不過這不能斷言成谷崎的責任，那是日本大正文化的責任和極限，若是將當時悲哀的大正教養主義奴隸，和當今在日本爬升成意見領袖的慘狀相比，或許輕蔑思想和精神的岡村果斷地自我犧牲，才應該成為模範。

谷崎透過否定〈金色之死〉，無視自我藝術方法的根本矛盾，也不追究其間的悖論，反而利用日本相互矛盾的寫實主義和裝飾主義折衷後傳統的悖理，在其中開拓無限遼闊的藝術境界。圓滑而千變萬化的受虐癖夢境開花結果，取代了自戀地獄。谷崎並不企圖以虐待狂的批評能力來破壞一切形式，卻在最具悲劇性的故事中說出最幸福的故事，述說本身的熱情使讀者入迷。他體會到因感官而讓美存在的祕訣，從此不再陷入〈金色之死〉的自我破壞中。光滑的蘚苔布滿深淵，苦惱在遠方與快樂牽手。美的誘惑者並非化身為美以死來誘惑，可說是驅使美來誘惑之時，〈金色之死〉消弭了危機感展示的客觀性不安，小說家的客觀主義果真遂行了真正圓滿的發展。

然而深淵在於屢屢讓人窺探到的谷崎心中的創傷，並偶爾現出身影。〈卍字〉中的女同性戀關係（lesbianism），是一個完全避開男性自我意識的世界（看看那藉由描寫信封時所呈現的客觀性巧妙設定）。〈卍字〉就這樣，谷崎毫不留情地將手探入深淵，手法冷酷地把登場人物逼進破滅，因成卓越之作。從這部傑作中，可以看到法國十八世紀對「性」的一種抽象化，性熱情的抽象主義也影響到他晚年的作品〈鍵〉、〈瘋癲老人日記〉。而且無論是最可怕的〈卍字〉，還是最美麗無瑕的〈春琴抄〉，人最後在鬱悶的深淵裡，性慾上卻高漲到極度幸福。〈瘋癲老人日記〉中的醫學記述，冷眼且客觀地凝視死，對於像這樣被誘惑前往「極度幸福」的人類精神的某種華麗傾向，不能不說是絕

12 風行於日本明治、大正時期的藝術表演，以知名的歷史或文學場景為主題，由真人扮裝後，在舞臺或裝置背景前如畫中人物般靜止不動。

13 休斯曼（Georges Charles Huysmans），一八四八～一九〇七，法國小說家、藝評家，以描述具世紀末審美力追求人工美的《逆流》（rebours）一書聞名於世。

妙的嘲諷（iron）——這依然是對精神和思想的嘲諷，而非對肉體的嘲諷。

自此之後，《細雪》將會作為記錄日本文化形式的傑作而永世流傳吧！文化不止於作品，舉凡國家的深層傳統和生活樣態、感受和鑑賞方法、日常行止，以及興趣喜好等細節，都受到文化的支配，也許今後的大眾社會將不再理解。像〈細雪〉這種要證明「花」代表櫻花、「魚」代表鯛魚等再平常不過感受中隱藏著什麼的作品，將成為反復回答我們文化為何的古典，書中女主角「雪姊姊」的幻影，將成為日本女性永恆朦朧（obscurity）美的象徵。

如此把所謂的谷崎被稱為名作並列觀之，就有一種他幸福地活在那個時代的奇妙感。因為就題材與風俗來說，比起書寫時的時代，〈痴人之愛〉、〈卍字〉、〈祕密〉、〈金色之死〉等作品，若放置在當今混亂的日本更有真實（actual）感。儘管如此，〈痴人之愛〉中的受虐癖；〈卍字〉中的女同性戀者；〈祕密〉中的易裝癖（transvestism），以及〈金色之死〉中的自戀狂等，比起現在，處在當時的世俗中，更有種祕密感，而就其真正的字義來說，是快樂的。換句話說，這些都是被選中的人的快樂。以此為題材，滿足了一種世紀末的趣味，也表現出當時知識分子的不道德。在論及人的問題之前，更是性慾和感官的問題。不過在現今的日本，已不同於這些題材的「新穎」，喪失了快樂、知性的放蕩和墮落觀，所有關於性的異常只不過體現了人性，沒了風趣，浪漫也消失了。

內田百閒／牧野信一／稻垣足穗

內田百閒

如果現在還有值得稱為文章的東西，只能想起僅有的幾個人，其中首屈一指的名作家，非舉內田百閒不可。例如閱讀〈海邊之松〉（磯辺の松）時，可以接觸到極為精煉且極度微妙，不帶絲毫纖弱、卻淋漓暢快的理想文章。有關這部分容後再述，阿圖・西蒙斯[1]說過：「文學中最簡單的手法，就是讓讀者流淚，以及讓讀者產生猥褻感。」將這

1 Arthur William Simons，一八六五～一九四五，英國詩人、翻譯家、評論家和雜誌編輯。

句話和佐藤春夫所說「文學的奧義在於怪談」相對照，就能明白百閒文學的品質。也就是說，百閒文學不會讓人流淚，也不會令人產生猥褻感，卻暗示人生最深刻的真實；另一方面，在表現陰森之氣上相當卓越。這意味著當代最具反骨精神的文學家，完全排除文學的捷徑，追求最困難的境界，而且成功了。

若深入百閒的文章，就知道他不使用難以理解的觀念用語，用字遣詞卻極為挑剔，捨棄一切明知那樣寫就會受歡迎的表現，絕不容許些微的自我姑息或自我陶醉，只以含蓄的語氣來傳達最精確的文字，成就出一篇又一篇無比嘲諷的藝術品。然而，如此精煉的嘲諷，如此內斂的絕技，如此微妙的表現，現代讀者能了解多少呢？無論哪一篇作品都可以，我強烈想舉一篇百閒的名作，來告訴年輕人「所謂藝術品就是這樣！」。其中每個細節都環環相扣，而且通篇不失一體性的強度，為當代稀有的純粹之作。

百閒好像真的相信妖魔鬼怪。相比於泉鏡花等認為以文章咒術的力量即可召喚鬼怪影像的作家，即便同樣描寫陰森之氣，兩者卻站在完全相反的立場。百閒俳畫風格[2]的陰森之氣，乍看以粗糙而簡單的筆致來表現，其實是以縝密的計算，以及如圍棋名手般極度精確且無絲毫贅語的遣字用詞，逐一推敲得來。

一般來說，妖魔鬼怪本非存在於現實的素材，因此以妖魔鬼怪為題材的作家，無法依據現實的素材，甚至無法只憑思想或社會議題來書寫相關作品。他唯一可信的素材就是語言，假如語言無法確保其現實性，就會淪為一篇基於趣味而生的故事，也不會出現最關鍵的陰森之氣。由此可見，語言召喚現實的力度與召喚超現實、超自然的力度，幾乎是在指涉同一件事。百閒被視為天才，他能把對現實的描寫和表現陰森之氣巧妙處理得表裡如一；考慮到他完全以語言達成將二者合而為一的境界時，對於如鏡花般託身於豐富語彙的想像力，和百閒般字字句句都戒慎恐懼、不敢怠忽的作家，我不敢輕易斷言何者才是真正意義上「相信語言」的作家。

〈東京日記〉在這意義上，一方面看起來是百閒基於精確及縝密觀察力的素描（drawing）集結，另一面則是一篇篇結尾充滿陰森之氣的幻想小品集成，真是無與倫比

---

2 一種日本繪畫風格，通常由俳句詩人繪畫，其上搭配俳句。創始者說法甚多，一般認為是日本中世俳人野野口立圃。

的作品。他也以清醒的目光，冷靜到幾近可怕且正確地看待幻影本身。距離我第一次讀這篇作品已過了約三十年，每次行經丸大廈前，都會想起作品〈其四〉（その四）中描述有水蜘蛛[3]飛過丸大廈地上的一處水窪，有時甚至出現錯覺，那記憶才是真實，而現實中的丸大廈只是道幻影吧？總之，文章的力量可歸結於此。

〈東京日記〉雖描述異常事件、天地變異、靈異現象，筆致卻一貫沉著，確實保有日常性，所以更恐怖。例如我們來看〈其一〉（その一）。

「我搭乘的電車下了三宅坂，在日比谷交岔口停住，車掌說車子故障了，要所有人下車。」

這種事很常見。不過，在下著斗大的雨、無風、溫濕的空氣，以及出乎意料的陰暗設定裡，來了下面這一行：

「雖然雨勢很大，總覺得落下來的雨滴很緩慢……」

因為「總覺得落下來的雨滴很緩慢」這個故意模糊不清的婉轉表現，我們已經被拉進了百閒的節奏。這句話看起來像是單純描述現實中的雨，又像在預兆著不尋常的事件即將發生，也就是說，這句話正是搭在現實和非現實間的橋梁。

百閒先如此攪亂了讀者的心理，再秀出名家師傅的功夫菜。他在下一段落裡，藉由描述皇居護城河水中的白光和異樣，並以「總覺得有點頭暈、身體輕飄飄的」這種極為日常性的表現，道出讀者在感受上的混亂。

讀者若讀到此處，將會在下一段中，像在看電視新聞般如實接受護城河水發出白光結塊而搖晃的異常現象。

這是一段一段的漸層法。終於「出現一條比牛身軀還要大的鰻魚」，就在車子即將通過十字路口時，讀者被帶到「周邊倏地暗去，水面的白光也消失無蹤，只剩下紅綠燈

3 原文「あめんぼう」為水蜘蛛（アメンボ）的語源，據說水蜘蛛被抓時，會分泌出一種糖飴般的味道。

的紅光和綠光閃爍在溼淋淋的大鰻魚身上」的情緒最高點。

每一篇作品都如此千錘百鍊，有時也有如〈其二十一〉（その二十一）般幽默。雖然我對於比較霍夫曼[4]的短篇作品和〈其十六〉（その十六）很感興趣，不過我至今仍對於〈其六〉（その六）中關於炸豬排店的小故事感到恐怖。

也許有人會說，這樣的藝術品到底有何意義？有何思想？不過如果讀了百閒的作品，再去讀上田秋成[5]的《雨月物語》，我認為即便是秋成的名作（例如〈白峯〉），和百閒相較之下仍保有說教味，精練度也不足。百閒以澈底（此處指不含思想及意義）且極精緻的靈異，創作出澈底的藝術品。我覺得（雖說也是多此一舉的類推）百閒宛如創造出真實「物」的靈異，成為真實「物」的藝術品之隱喻。

儘管〈海邊之松〉被認為似乎是以他師事多年的古琴師傅宮城道雄[6]為原型的小說，卻是由純粹想像力所創造的世界，與靈異屬於同一次元。百閒經由將感覺鑲入某種非日常條件的框架內，始得出如此生動活潑之感。〈海邊之松〉的梗概為一名失去妻子、失去門生的「檢校」[7]的老年風流故事，不過百閒絕對不同於谷崎潤一郎般的敘事手法。

就作品質量而言，〈海邊之松〉足以和〈春琴抄〉相抗衡，但前者不比後者膾炙人口。我認為是因為百閒只用些許諷刺、些許微妙、些許暗示性的表現來描述感官。雖說以最輕描淡寫的態度來表現最悲哀的感情有其驚人成效，不過一般人很難理解吧？同樣描寫失明，如果〈春琴抄〉是描述女性的傑作，那麼〈海邊之松〉則可說是描述男性的傑作，而且還是滿載難以言說的風趣的禁慾主義（stoicism）成果。

〈海邊之松〉對於盲人世界的感官和心理有非常犀利的洞察和感情移轉，幾乎可說已自我同化而進入盲人感官世界中。百閒不放過任何細節的描寫，不，正因為是細節才能極度發揮盲人的觸覺，是一篇神乎其技之作。另外，儘管在感官的描寫上真實到過分

4 E. T. A. Hoffman，一七七六～一八二二，德國作家，活躍於文學、音樂、繪畫領域，卻以代表後期浪漫主義的幻想文學奇才聞名於世。

5 一七三四～一八〇九，日本江戶後期的讀本作家、歌人、國學家，為江戶時代讀本小說第一人，代表作有《雨月物語》和《春雨物語》，其中《雨月物語》被視為日本怪談小說之祖。

6 一八九四～一九五六，具國際聲譽的日本民族音樂家、散文家，七歲失明，畢生致力於發展民族樂器，並革新傳統演奏手法，提倡「新日本音樂」運動，被譽為「近代箏樂之父」。

7 起源於室町時代，為日本中世至近代以彈琵琶說唱《平家物語》或按摩、針灸為業最高等級的盲官，其次為「別當」、「勾當」、「座頭」等。

露骨，卻在戀愛情感上的刻畫極度節制；對象三木小姐雖以說話明快搏得讀者好感，但對檢校既不指望也指望，對檢校好像已獻身又像沒獻身。不過就盲人的心理來看，描寫女性內心糾結遠比直接陳述情感更加生動，這種間接式的情趣，堪稱絕妙。

第一章開頭埋下盲人脾氣暴躁的伏筆，接著以「風吹得很筆直」提示出盲人的感官敏銳聞到了草香，於是當三木小姐靠近時，「雖然感覺來得太早了，不自覺臉上就綻放出笑容」。「來得太早」這一句，使用得實在巧妙，在不經意的會話中滲露出情感……像這種地方不勝枚舉。英子的插曲也非常出色，簡潔有力地描寫檢校的憤怒，實是為後段英子受傷的謠言埋下伏筆，真是令人驚愕。檢校藉由和三木小姐的練習，透過演奏古琴而流露情感，如枯木的身軀再度湧出復甦的生命力，百閒更進一步以「我感受到天天演奏、習以為常的古琴，猛然透出充滿敵意朝自己對峙的氣勢」這種高雅的描述；還有第七章之後檢校抑鬱寡歡的模樣，全都以間接的暗示手法，醞釀出馥郁的情念，全篇的結語可以彙集成一句話：

「在那之後的十七年，那位先生不再教授任何人〈殘月〉。」

事實上，與昭和十年代的傑作相比，連被視為古典的〈冥途〉等作，據說都只能歸類成習作。其中的〈件〉讓人想起卡夫卡名作《變形記》，作家的目光化身為宿命怪物「件」、與不透明、不果斷社會對峙的架構，就是而後成為〈海邊之松〉雛形的久遠先例。

戰後，雖有恐怖名作〈薩拉沙泰之盤〉（サラサーテの盤），不過若有人想品味百閒另一種幽默，即刻意裝出穩重、澈底隱藏自我意識並裝糊塗的絕妙幽默，可以閱讀近期出版的〈特別阿房列車〉。

牧野信一

從昭和初年到十年代，有三位壯志未酬身先死的作家——梶井基次郎、中島敦和牧野信一。他們並沒有留下足以被稱為文豪的偉大事業，卻有如拖著尾巴飛過夜空的流星般，留下純粹、緊湊、堅實、充滿獨創性，且渾然天成一個小宇宙的諸多作品，在人們記憶中刻下永恆的鮮明痕跡。作家的生死任由天命，比起徒然長壽、留下玉石混雜的龐大全集，還不如留下純粹、簡潔的一、二卷全集的早逝作家來得幸福。如此理想的模樣，應該就如二十歲即死去的雷蒙·哈狄格[8]那樣的作家吧！

這些暫且放下不表，牧野信一是前述三位作家中最具異樣色彩的作家。比起其他兩位作家的禁慾人生和創作態度，他的流浪性成分較豐富，雖屬私小說，卻充滿獨特的幻想和黑色幽默，相比於其他兩人的更傾向打破傳統，因此其讀者的好惡也更為強烈。

在收錄三人作品的全集中，若將牧野信一置於百閒和足穗之間，其幻想性雖稍稍接近百閒，但其無賴和放浪生活，及其託付在日式風土上的西歐式幻想、知性幽默、藉由精神生活的飛翔而脫離私小說等要素，毋寧說更接近足穗。不過他欠缺足穗完整的宇宙觀和思想體系，而且他在知性和天性獨樹一幟的趣味，也不如當時西歐派知識分子的知性幻想般優越。

昭和文學中有一群喜歡追求新事物的作家，堀辰雄也屬其中一位。身為日本人，侷促地生活在日本地方，卻以西歐式教養來詮釋、並飾以西歐式幻想，在只有語言藝術才能達成兩種影像重疊的作品世界裡，吸引讀者進入不可思議的知性感官體驗。儘管不能將此僅僅簡單稱作「喜歡追求新事物」，卻出乎意料地連上林曉[9]這樣的作家，也藏在當時「文風不動的時髦感」當中。

對於一生中席不暇暖、不斷遷居的牧野信一而言，可稱為他精神故鄉的那座奇妙的日本鄉下「鬼涙村」，是他多數作品的重要舞臺。牧野住在那裡，以外國知識分子自居，光憑教養就成功脫離現實，甚至連愛馬都取名「澤龍」[10]，自詡日本唐吉軻德，踏上中世紀騎士道和古希臘幻想之旅。

〈澤龍〉（ゼーロン）之所以被評價為牧野信一的傑作兼代表作，其實真正的原因，難道不是因為主人公幸好是一匹馬嗎？「馬」，這種具神話性的壯麗動物，充滿氣質和驕傲，強而有力卻善感，是宛如雕刻般的美麗之獸。馬毫不在意近代知識分子自我意識之

---

8 Raymond Radiguet，一九〇三～一九二三，法國詩人、小說家，代表作為《肉體的惡魔》和《歐傑爾伯爵的舞會》。

9 一九〇二～一九八〇，出身高知，歷經貧困與戰爭，由於善於作品中表現日本道地的小說家精神，被譽為「最後的私小說家」，代表作有《薔薇盜人》、《安住之家》等。

10 據說牧野愛馬的名字「澤龍」取自唐吉軻德愛馬「諾桑南提」的諧音。

類的悲喜劇而逕自疾馳飛奔，輕鬆躍過西歐與日本間的深淵。這位名為牧野信一的「愁容騎士」，得到「澤龍」之後，才使其作品世界飛躍進入真正熾熱的野性當中。

不過，實際作品世界中的馬並不是這種馬。「我」比任何人都清楚，牠已經墮落成一匹怠惰又遲鈍的驢子。拖著跛腳、鞭打也只跑一下就停下來，始終走走停停，直到碰見山中村子起火，澤龍才成為澤龍。小說的結局，正是牧野信一託付澤龍帶來如夢境般莊嚴的光景。他寫成了小說〈澤龍〉，宣告其唐吉訶德的自我嘲諷及幻想之完成，讓達到現實幻滅和壯麗化的二重操作有了可能。這個日本私小說的唐吉訶德，在轉瞬的幻想間，披上了紅繩鎧甲。

不過，曾細讀百閒作品的讀者，也許會對牧野信一作品中粗魯的用字遣詞皺起眉頭。我認為這幾乎是某種粗糙的戰後派文體先驅。

雖然〈澤龍〉已是當中內容相當緊密的作品，文章卻仍有難以掩蓋的粗糙。不過這架空的冒險故事有著爽颯的魅力，足以彌補前述的缺點。小說中設定主人公在騎馬途中，各處潛伏了敵人，乍看像半開玩笑的把戲，但結尾以警鐘來傳達信號的配槍盜匪頭目，反而在出於對「我」的友誼當中，表達出恣意妄為、放浪生活的魅力。

「詩，除非從面臨飢餓的明朗民間產生，否則我寫不出來。」

作者寫出了如此美麗的一句話。玩笑話之下臨到緊要關頭的明朗風格，不能不說這就是牧野信一的本領。

稻垣足穗

很長一段時間只有部分對文學擁有特殊愛好者才知道的稻垣足穗，如今已是走在時代尖端的象徵，甚至成為年輕人眼中的英雄，畢竟幾年前根本想都沒想過會發生足穗的

11 日本早期以繪畫和攝影為主的雜誌採凹版印刷，此類雜誌的卷首內容或加入卷首的頁面稱為「凹版頁」。

生活登上週刊凹版頁[11]這種事態。導致他過去的粉絲們對於原本只受自己青睞的作家，竟被毫無章法的社會大眾所奪去而感到忿忿不平。不過這些人比誰都清楚，完全無需恐懼所謂足穗這種巨大哲學式、長滿毛的小腿，會掉進社會大眾的小水窪。

足穗因孤立而受文學榮光包覆，但他同時也是一位確實有資格將文壇等同俗世看待的作家。而今的小說家當中，恐怕除了埴谷雄高[12]之外，再無他人擁有足以和足穗式宇宙匹敵的思想。他的宇宙宛如壯偉的孤島般浮於宇宙間彼方，而我們所居住的太陽系與此相比，不過只是陋巷的分租長屋[13]罷了；當然，在長屋的屋簷下也綻放著朝顏[14]……

從我這般瑣事纏身的文人看來，百閒、足穗的生活才是真正的文人生活，令人欽羨不已。然而若說無為是一種思想，那麼繁忙應該也是一種思想，不過日本的小說家大概都不具備任何一種，而是盡數遵循生活的自然法則而活。

閒話少說，我想我縱使耗費十幾張稿子的篇幅，也不夠來敘述足穗文學。因此我打算引用一篇由種村季弘[15]執筆的文章，這是我曾讀過的足穗論中，最精闢也最能概括足穗文學之見解。

「……把《我的「Eureka」》[16]當成《少年愛的美學》，把《少年愛的美學》當成《我的「Eureka」》來讀，對於熟悉足穗文學的讀者而言，應該很容易理解。兩者的共通點，或許就是雅各・波墨[17]的無量底（Ungrund）觀念。

無量底的觀念，即是結合鴨嘴獸般單一肉體的立方體圓筒（啊啊，天文望遠鏡）和無量底宇宙。（中略）嫌惡如牢獄般的柔軟牆壁，筆直逆行在呈圓筒狀的父親體內輸精管的根源性鄉愁，這種遠比回歸母胎衝動還要古老的鄉愁世界，原本就具備鳥類學特質，而且幾乎不受母之大地的引力所影響。永恆之父並非球體，而是呈管狀、圓筒狀、直腸狀，他在那看不見的中空管子裡，描繪著鳥與飛機的軌跡，飛向鄉愁的金黃色彼

12 一九〇九～一九九七，日本政治思想評論家、小說家，生於臺灣新竹，中學後返回日本，深受馬列主義影響，曾參與農民運動，與平野謙等人創辦《近代文學》雜誌。
13 日本江戶時代下級武士的住居，因建物狹長得名，以牆壁隔間，類似現代的集合住宅。
14 即牽牛花，清晨開花，故日本稱其為朝顏。
15 一九三三～二〇〇四，日本評論家、散文家、德文學者，研究主題涵括日本近代文學、神祕學和幻想文學。
16 Eureka 意為「我發現了」，詞意源自希臘，為發現新事物或真相時的感嘆詞。
17 Jakob Böhme，一五七五～一六二四，德國哲學家、基督教神祕主義者、路德教派新教神學家。

方。A那令人懷念的感覺也是一種遙遠的魅力。（中略）若是如此，我們也曾屬於鳥族，既非胎生也非卵生，而是化身為天界諸神一夥嗎？也就是像菩薩那樣嗎？」（〈南北〉第三卷第九號）

這篇短文裡，道盡足穗一生所有主題：美少年、天文學、宇宙論、飛機、菩薩或彌勒，而且把相互間的關係整理得相當明確且毫無遺漏。

不過毫無疑問地，足穗文學自然不止於這樣的思維體系。而追捧足穗文學的讀者們所熱愛的更是乍看不著邊際，又像穿著白色翻領衣衫的好人家少爺般有禮；潛藏在永遠的少年文體之下，戀上對日暮時分暗紫色天空的懷舊，對永恆懷抱著男性獨有的鄉愁，宛如黃昏篝火氣味混雜著天芥草的香味般，在外流連的少年氣味，予人時髦又老派的幽默（至今我仍不時想起謠曲師傅總無法準確讀出「飛機」發音的滑稽感），難以充分形容地些微不滿足感，不帶絲毫感傷的哀愁，以及藏在其語言骨幹深處的「抒情性」。

我認為足穗是第一個真正出賣男性祕密的文學家。在足穗直言不諱地高雅談論男性之前，我們男性並不理解所謂男性究竟是什麼。縱使直覺上知道，終究沒說出口就死去，因此男性存在的生與死的意義，一直被視為人類最深奧的祕密而小心保存著。但是足穗揭露了這個祕密。

我猜想，當足穗寫男性對斯巴達乃至「葉隱」[18]的憧憬，並將「宇宙的鄉愁」放在同一層次來談，也許已經說明一切，通盤鑽研了在文化和藝術上的論點。在闡明這世界的結構之後，一種透明的機制意外現身，盡數看穿久遠的歷史，同時反過來限制了人們的行動。不過令人安心的是，足穗如今仍是不按常理之人，而且百分之九十九的人讀了足穗後只覺得「哎呀，這人說的事真奇怪又有趣呢」就忘得一乾二淨，轉身爬上常識混淆的吊床午睡去了。

足穗將手指伸進歷史和文化的裂縫嗤嗤地撕裂開來，並證明那裡能看到的只有充滿白光的天空。然而這種虛無竟然散發出誘惑的甜味，香氣馥郁。足穗其實成為了「彌勒」，因此我們甚至可以在這位聖者前，回復身而為人的驕傲。我由此獲知了一個祕密，那就是無畏世俗、決心埋首於歷史和文化者，果將成為飛翔之人。

18 原為講述武士道的書籍《葉隱聞書》，此處指稱為主君捨身取義的武士道精神。

足穗是昭和文學史上少數堪稱天才的其中一人，若以足穗以前的世界和足穗以後的世界來劃分，他在其間占據著如太空人般的一席之地；因為足穗，我們才首度接觸到宇宙的冰冷空氣。只要接觸過一次，就會被深深吸引，宛如被天狗愛上的少年般，永遠無法擺脫這個記憶。

我要在有限的篇幅中取捨足穗的作品，實在煞費苦心。這篇難以擱置、那篇又備感不捨，以致所選的數篇作品中，不得不說有我個人的偏好。我刻意不選他初期的名作〈一千零一秒物語〉（一千一秒物語）和〈黃漠奇聞〉，因為年輕時足穗有如輕金屬般的「輕」風格，對於讀這些作品的現代青少年而言，恐怕會太過貼近他們仍輕率浮動的心。

〈Favorite〉（フェーヴリット）

〈地球〉（地球）

〈白晝見〉（白昼見）

〈彌勒〉（弥勒）

〈被誘出的夜晚〉（誘われ行きし夜）
〈山本五郎左衛門現在離去〉（山ン本五郎左衛門只今退散仕る）
〈A感覺和V感覺〉（A感覚とV感覚）

這樣的選擇，說來是有考慮到文章的音樂性。〈Favorite〉是輕快的序曲；〈地球〉和〈白晝見〉為足穗在個人回想裡摻雜詩意哲學考察的一種獨特型式，可說是為了將〈彌勒〉推至頂點的鋪陳；〈被誘出的夜晚〉則是理解〈山本五郎左衛門現在離去〉背景知識的重要作品。〈山本五郎左衛門現在離去〉雖改寫自古典文學，卻在暗喻足穗文學中心思想巨變之下，足穗信手拈來之作，並於隨後進入〈A感覺和V感覺〉般充滿邏輯骨架的建築物。

我選擇的這些作品都正要脫離並朝向某處而去，若以建築用語中的巴洛克來比喻飛翔形式，這些作品在真正意義上是巴洛克式的。每個細節都滿溢著「美之短暫」，而我們確實「被引誘」到了他方。

足穗在這十餘年來，往往改寫、修訂自己的作品，或是自己注解作品度日。名古屋的同人雜誌《作家》能刊載這些作品可說是一大功績，我在此不另作注解，而想引用最值得信賴的作家本人自注。不過請大家諒解有幾處僅摘錄了原文：

「〈Favorite〉——我在堀辰雄〈熾熱臉頰〉中看到以「扁理」為名的登場人物而感到吃驚（三島注：應該是〈聖家族〉），這讓我也想試著使用「多理」這個名字。原本想用複數形，達到「粉絲們」[19]這般程度的語境，但因語感不佳，決定改以單數「favorite」為題名。不過，這個詞同時意指貼有捧花或風景畫標籤、並以絲帶裝飾的小箱子。（下略）

〈白晝見〉——在《新潮》月刊發表的同名作品實為〈白晝見〉的前半部；（中略）後半部以〈Tagesansicht〉[20]為名刊載於森谷均[21]的雜誌上。此篇受到庫伯博士[22]在其隨筆中推薦費希納[23]散文（日譯本名為《死後生活》（死後の生活））的刺激下所寫成。

〈地球〉——也是受前述的影響而寫。

〈彌勒〉——第一次世界大戰邁入尾聲的大正八年（一九一九年）春至夏季，環球影業上映的冒險劇《黃銅砲彈》（真鍮の砲弾），其中的藝術字幕先出現以瓦楞紙做的都會夜景，突然有一顆砲彈（其實是巨大的手槍子彈）飛到上空炸裂，其中又飛出新的砲彈隨著齊步行進的薩拉戈薩舞曲[24]旋律舞著，最後以彈頭在夜空中寫出「The Brass Bullet」。我完全著迷於這般極富未來感與運動性的效果，到底該如何表達那樣的感覺呢？至今已不得而知。關於〈彌勒〉的構思，則是在二十多年後的中日戰爭期間，這部半自傳性質的〈彌勒〉於焉誕生。（下略）

〈山本五郎左衛門現在離去〉——這是當初的題名，後來有段時期改為〈懷念的七月〉（懐しの七月）。

19 原文為「ひいき達」（贔屓達），贔屓有關愛、照顧等意，此處譯為「粉絲們」。

20 源自德文，意為「每日觀點」。

21 一八九七～一九六九，日本昭和時代的出版人，二戰前創辦出版美術書籍的昭森社，戰後陸續創辦雜誌《思潮》和《書之手帖》（本の手帖），對戰後出版面貌貢獻甚大，被譽為「神田的巴爾札克」。

22 拉斐爾・馮・庫伯（Raphael von Koeber，一八四八～一九二三），俄裔德國哲學家、音樂家，一八九三至一九一四年間曾於東京帝國大學講授哲學。

23 古斯塔夫・費希納（Gustav Theodor Fechner，一八〇一～一八八七），德國哲學家、實驗心理學家，因提出了著名的韋伯—費希納定律，即通過公式S=Klog I來表示心理感覺與物理刺激間的關係而聞名。

24 Zaragoza，一種西班牙舞曲。

昭和二十三年七月，我暫住在戶塚Grand坂上的一家旅館時，邂逅了〈平太郎妖怪日記〉（平太郎化物日記）[25]。平太郎少年的日記也是從七月一日開始寫了一整個月。（中略）第二度邂逅，是我搬家到京都第四、五年時。當時山本淺子[26]從京都大學圖書館為我借出的《平田篤胤全集》中，有一卷是羽州秋田藩的平田內藏助校對的《稻生物怪錄》（稻生怪異譚）[27]，至此我澈底明白了全貌。這股喜悅也是發生在七月間的事。」

---

25 日本劇作家天野天街的代表作之一。
26 師事於稻垣足穗的女弟子。
27 日本江戶時代藩士稻生平太郎的妖怪體驗物語。大意為平太郎因試膽而觸怒妖怪，導致妖怪連續一個月出沒平太郎的屋敷，平太郎一一將之擊退，最後妖怪山本五郎左衛門嘉獎其勇氣，贈與木槌。

川端康成

一

關於川端康成，援用尼采的話來表達也許不太適當。不過尼采在《尼采反對華格納》[1]中，寫到如下有關華格納的話，奇妙地很適合川端文學。

1《尼采反對華格納：來自一個心理學家的檔案》（*Nietzsche contra Wagner, Aktenstücke eines Psychologen*），收錄一八七八至一八八七年間尼采撰寫華格納及其音樂的評論，此作說明兩人在美學上的根本差異。十九世紀最知名德國哲學家尼采和音樂家華格納原為好友，後因理念不合而決裂，從此分道揚鑣。

「他真是擅長描寫微小事物的巨匠。」

尼采又進一步如此說道：

「不過他（華格納）不想當巨匠。他的性格毋寧更喜愛高大的牆和大膽的壁畫。」

後面這句話和川端文學恰恰相反。川端和華格納不一樣，毋寧更「想當巨匠」，而且其性格不喜「高大的牆和大膽的壁畫」。他不喜歡大而無當的構圖。尼采所攻擊的是華格納的觀念和虛榮心、「對自身的不忠實」以及「莫大的愚蠢」。若是如此，川端就是尼采所期待的「華格納的理想版本」：「聰敏」的華格納，了解自己的華格納。

太熱中這類比較其實並不好，不過川端文學中還有諸多令人想起華格納的特質。例如描寫死亡和性愛之間具可怕一致性的〈睡美人〉（眠れる美女）中，有華格納的模糊不清以及把讀者拉往地底深處的魅力，卻不見華格納常見的龐大風格，取而代之的是以「描寫微小事物的巨匠」的規範，產生緊張感。

川端的聰敏究竟是什麼？肯定任誰都難以說明這點。若說是和華格納正好相反的聰敏，即忠實於自我和了解自己；但在川端眼中，忠實於自我其實並非最高準則，反而像是出自無可奈何。對他來說，了解自己和拋棄自己簡直是同義詞。

川端的聰敏可歸結於是結果上的聰敏，若以此為前提來看，我認為其聰敏所獲得的最大成果，就是他不曾受任何觀念所欺騙。

若要列舉那些無法欺騙川端的觀念數目，有如百鬼夜行[2]之多：包括了近代、近代小說、共產主義、新感覺派、自我意識、知性、國家主義、存在主義、精神分析、近代的超克[3]、思想等等。

現存的文學家中，即使是暫時也好，是否有人能不被前述觀念當中的至少一、兩種

2 在日本民間傳說中，每到夏日夜晚就會有各種妖怪群聚，十六世紀室町時代後期即出現了描繪百鬼夜行的《百鬼夜行繪卷》，而江戶時代知名妖怪繪師鳥山石燕的《畫圖百鬼夜行》，影響了日本的妖怪文化及諸多創作。

所欺騙呢？可是川端就連片刻也不曾被任何觀念所欺騙！

一般來說，聰敏會阻礙藝術創作，可是川端的情況不同。通常人們冷靜描寫陶醉時，不是把陶醉寫得僵硬，就是寫得過度誇張，總會陷入兩者之一，可是川端卻學會了同時表現冷靜的心與陶醉的祕訣。由於他不受任何觀念所囿，所以世人以「小說名人」[4]來稱呼他，可是他的的小說卻從未被所謂小說的概念、近代小說的概念所累。因此一名讀過英譯版〈雪國〉的美國人，感嘆自己不曾讀過如此獨特的小說，我認為這是有其道理的。

即便如此，他的作品充滿小說獨特魅力也是事實。川端闊達而隨興的心性和其創作的苦澀相悖，賦予每一篇作品極為精緻、大膽且不可思議的況味。令人感到滯悶的美麗世界，迅即與那悠哉寧靜的心境落差相交合。

川端是最遠離威嚇的特例中的天才，而他確實一直保有陰森和純潔的氣息。尤其是戰後的作品中有一股獨特的淡淡寒意，那是從細緻而冰冷肌膚底下所散發的悚然魅力，來自棲息在詩人內心深處的日本戰敗命運。

「我不曾經歷西洋風格的悲痛或苦惱，也未曾在日本看過西洋風格的虛無與頹廢。」

（〈哀愁〉）

主人公讀了超過半本《源氏物語湖月抄》[5]之後迎向敗戰，而川端在關於滅亡的哀痛，還有來自哀痛本身所衍生的日本人獨特慰藉的論述之後，出現這段大膽的直言並非偶然。

「我把日本的山河看作靈魂，在你之後活下去。」

3 「近代的超克」此一概念來自於一九四〇年代初期的日本學界。一九四二年太平洋戰爭期間，日本學界舉辦了一場著名的座談會，這個名詞於焉誕生。這裡的「近代」指的是西方近代化過程，「超克」為超越、克服之意，而「近代的超克」就是所謂對世界近代化過程的超越與克服。

4 日語中的「名人」指稱在某一領域中才能或技藝極為高超之人。

5 為江戶時代歌人北村季吟作於一六七三年的《源氏物語》注釋書。

這是「獻給橫光利一哀悼詞」的最後一句，之後川端便忠實地身體力行。

二

〈美麗與哀愁〉

——連載於《婦人公論》[6]一九六一年一月號至一九六三年十月號為止，總計三十三回。

小說家的眾多作品中，有的作品宛如玻璃座鐘般，可以仔細看清作家的主題、技法、技術性特徵及其方法論等，例如堀辰雄的多部著作中，〈菜穗子〉即是這類小說。那未必是該作家的代表作，也未必是雄心之作；而是在某個偶然下，作家寫下了那樣的方法論小說。依我來看，〈美麗與哀愁〉就屬這類作品。

這並非因為主人公是小說家，也不在於川端罕見在小說中談到小說和原型人物以至人生的關係，或於其間襯以類似文學理論的內容；而是我從小說中明確窺得川端文學的諸多祕密。因此，我想試著以這部作品為主軸，來論述川端小說的全面性問題。

川端文學首先是**抒情的羅馬式**（**Romanesque**），這是普遍的看法。所謂的羅馬式，不把重點置於對立的人際關係或思想，毋寧說連每個人的肉體輪廓都不重視，而是像從靈媒體內冒出的靈質[7]般，流露出強烈情感最初的模樣；在某些情況下，會以同樣的形式反覆交纏好幾個世代，終致揚棄善惡二元論，不論敵人和同夥、死者和生者，全被融入清一色生存悲哀的這種羅馬式中。於是，敗德終究也歸於悲哀，美德終究也歸於悲哀，一切的生物，在悲哀中彼此親近，甚至達到一種歡喜。這種羅馬式，在川端文學裡執拗地反覆出現，尤其在〈美麗與哀愁〉等作中更是典型的例子。

其次，川端文學是**反應的羅馬式**。這和川端文學欠缺架構的特色有關，故事宛如依

6 日本中央公論新社於一九一六年以「追求女性解放與覺醒的時代之聲」為中心思想發行的女性雙週刊。

7 ectoplasm，意指舉行降靈會時從靈媒眼、口、鼻、耳朵、毛孔、肚臍、乳頭甚至陰道等孔竅流出的謎樣物體，此語為曾在一九一三年以過敏反應研究榮獲諾貝爾生醫獎的法國生理學家里歇（Charles Richet）所命名。

據自由聯想（free-association）般，從一段感情不合理地引發另一段感情的反應繼而開展；例如有張臉宛如雲朵般變幻不定，臉上的一個表情變化，會讓戀人的表情發生變化，當然也會在內心掀起其他的漣漪。如此一來，故事就會在不知不覺中移轉到第二道漣漪。

隨著這種內心漣漪移轉的羅馬式，自然就像水藻一樣，移動得既緩慢又曖昧不明。不過因為這是無法預測反應的羅馬式，不會陷入戲劇窠臼的必然性，反而像看到別人突然間憤怒或沒來由地亢奮而感到愕然般，霎時引發出意想不到的結果。總之，這對於其作品中女性的行為和反應是很具效果的，而這種效果本身往往會成為一種美。

換個說法，這也可改稱為**突然的羅馬式**。川端不僅以前述的反應表現突然性，還經常使用先提示意想不到的事、然後再慢慢解釋的手法；這種手法有時會有世阿彌所謂「花」的效果[8]，抑或出現妖異陰森之氣，不過有時則會陷入惡搞的迷霧之中。

反應的羅馬式所產生的突然性、而達到悲切之美的畫面，舉個具體例子，就是〈石造景——枯山水〉（石組み―枯山水）一章裡，音子光著腳丫踢飛螢火蟲籠子的場景，以及接著以為桂子會進澡間，等半天卻不見人影，沒想到她竟已盛裝打扮準備出門等場景。雖然前述過程都省略了人物的心理描寫，卻因採取了跳躍式手法反而更顯生動。川端其實非常節制在心理分析上的犀利才能，畢竟一旦運用起來，就會像〈早春〉之章裡，以描寫為小說打字的妻子心理，發揮出幾近厭世的敏銳。〈早春〉中作為小說家的主人公，透過小說把往昔的風流韻事完全暴露在妻子眼前的情節本身就很可怕，但出乎意料的是，妻子「即便是一名嫉妒到失去理智的妻子」，卻因自己竟完全未被寫進書裡而更為傷心。

此外，川端刻意使用的突然性手法，在〈千絲之髮〉（千筋の髪）一章開頭，大木夫婦顯得有些狂亂，還出現了濫用可怕敬語的對話，看起來有點胡鬧，等到後來讀到〈機會的前髮〉（機会の前髪）段落時，才恍然大悟那種對話是倦怠期夫婦間有如冷掉的飯般充滿捉弄意味的表現。

其次，川端文學常見的還有**時間的羅馬式**。從過去到現在，從現在到過去，故事轉換時，他刻意使用繪卷中繪製雲朵[9]的手法，來模糊時間銜接的差異。這在川端的小

---

8 日本室町時代的能劇大家世阿彌在代表作《風姿花傳》中，以「花」的意象作為其能劇藝術的主要美學標準。

說裡，予人一種過渡沉悶時刻的奇妙印象，以及幽暗的深邃感，典型例子就是「火中蓮花」（火中の蓮華）之章裡，透過烏龍麵店一位中年婦女的回想，讓讀者不自覺地踏上了過去難忘的場景中。不僅如此，整部〈美麗與哀愁〉的過去和現在相互侵犯，在美麗的色彩和刺眼的色彩間滲透、交融之下，完成了時間的羅馬式。

最後，我要指出，所謂**色情的羅馬式**已無需再多做說明。

這部小說都宛如「火中蓮花」一章裡頭的：

「那好似不經意觸動的情慾。」

這句話所象徵的是「除夕之鐘」（除夜の鐘）一章裡，年幼產婦的一行淚水「快流進耳朵裡」，男子見狀急忙擦掉，以及同一章後段照顧服毒少女的段落；「火中蓮花」一章裡，桂子執拗讓音子看到自己在除毛，還有音子想把剃刀架在桂子脖子的場景；特別是貫穿全篇關於桂子左乳房和右乳房不可思議的純熟敘事手法等，都是色情的羅馬式。滿溢同志愛（lesbian love）的豔冶「火中蓮花」，以及委實是川端所喜愛的〈千絲之髮〉

裡的和宮[10]軼事等，都讓人留下深刻印象。而且按慣例，在小說中登場的兩名男子（父子），態度模稜兩可又一本正經，是有如冰冷、疏離的影子般的存在。

三

〈雪國〉

——以如下順序在雜誌上以連載的形式發表。

《文藝春秋》昭和十年一月號〈夕景之鏡〉（夕景色の鏡）

《改造》昭和十年一月號〈白色早晨之鏡〉（白い朝の鏡）

---

9 在日本中世的繪卷藝術中，「雲」是重要的表現手法之一，通常會出現在特殊場景，也有表現生命力的寓意。

10 指親子內親王，為仁孝天皇第八皇女，受同父異母兄孝明天皇之命，下嫁江戶幕府第十四代將軍德川家茂。

《日本評論》昭和十年十一月號〈物語〉（物語）
《日本評論》昭和十年十二月號〈徒勞〉（徒労）
《中央公論》昭和十一年八月號〈茅萱花〉（萱の花）
《文藝春秋》昭和十一年十月號〈火枕〉（火の枕）
《改造》昭和十二年五月號〈手毬歌〉（手毬歌）
《公論》昭和十五年十二月號〈雪中火災〉（雪中火事）
《曉鐘》昭和二十一年五月號〈雪國抄〉（雪国抄）
《小說新潮》昭和二十二年十月號〈續雪國〉（続雪国）

這部小說從起稿到完成，其實已經過了十三年的歲月。最初由艾華．塞德斯提克（E. G. Seidensticker）於一九五六年翻譯為英文、紐約的克諾夫（Knopf）出版社發行，德文版、瑞典文版、芬蘭文版、義大利文版、法文版等也陸續出版。

昭和十二年，獲頒文藝懇話會賞[11]，為川端的代表名作之一。這部作品不僅廣受國內外敬愛，作家也將此作和〈十六歲的日記〉（十六歳の日記）視為自己最喜愛的作品。

在此我想引用《川端康成·文藝讀本》（川端康成·文芸読本，河出書房版）座談會上，川端自己談到〈雪國〉的部分：

中村（光夫）〈雪國〉也屬於寫生作品嗎？

川端 雖然〈雪國〉有很多寫生的部分，可是已經過美化。不過，至少在描寫自然的部分是寫生。對原型人物有美化，也有加以創作的部分。

中村 男主人公是怎樣的人呢？

川端 男主人公啊……

中村 相當壞啊……（笑）

川端 真是相當壞的人。他是作為襯托女性的角色。說到女性，兩人當中有一個奇妙的女人。她並不是真實存在的人。

---

11 日本於昭和十年（一九三五年）七月設立，為了表揚日本國內傑出文學作品及有功於文化推廣的文學獎。

中村　那個葉子是……

川端　有一天，花柳章太郎[12]對我說他要演這部戲，演出前他說要先去看一看葉子的原型人物，雖然我沒告訴他人在哪裡，但他好像自己跑去找了。（笑）後來我和鏑木清方[13]座談時，花柳這麼說：「葉子原型人物的眼睛閃閃發亮。」但是，到底誰是葉子的原型人物啊？（笑）

中村　原型人物竟然出現啦。（笑）

川端　幸好駒子的原型人物已經結婚了。聽說他們夫婦還住在那個溫泉時，青野季吉[14]順路過去看他們，丈夫似乎說了「有很多人來參觀她」、「算了，世人就是這樣」的話。（笑）

在同場座談會裡，川端說〈雪國〉有很多內容是在湯澤寫的；在湯澤起稿時，後來要寫什麼都還不知道。並說雪中的火災是實際發生過的事。

〈雪國〉在小說的形式中是相當獨特之作，它是一場在小說中持續進行的純粹實驗。當讀者被開頭名句，即火車的場景帶進雪國，藉由映在玻璃窗上景象的微妙描寫，就會受到感知上的訓練，即在鏡子般的玻璃深處流動著暮色的悲傷。讀到「當山野間的燈火映照在年輕女子臉龐」時，當中川端文學反現實的奇異性，成為一種標記而閃閃發亮著。若是於此援用我前述的「反應的羅馬式」說法，那不僅僅是指稱心的「反應」，也是指光與影的「反射」。

實際上，火車的場景有如全篇序曲，儘管女主人公駒子還沒登場，卻預先提出以下的問題並暗暗地做出回答：小說中所謂「人物」為何？所謂「風景」為何？所謂「自然」為何？所謂「事件」為何？那有如哲學著作的開場，已先嚴密定義了書中所使用的各種哲學用語。

因此讀者在讀完整部作品後，才會察覺「序曲」的意涵。即讀者會發現，無論是駒子抑或葉子，書中人物看起來都像「映在不可思議的鏡子上」，有如「夢中的傀儡」

---

12 一八九四～一九六五，活躍於昭和時期的日本新劇派演員，以飾演女角聞名，被譽為「人間國寶」。

13 一八七八～一九七二，明治到昭和年代的日本浮世繪師、畫家、隨筆家。

14 一八九〇～一九六一，日本文學評論家，曾於一九二二年創辦《無產階級》雜誌，戰後致力重建日本筆會，曾任日本文藝家協會會長。

般，不會帶給讀者或島村「看悲劇時的痛苦」。此外，儘管書中一幕幕風景細節描述得很鮮明，卻仍受「暮色之鏡的非現實力量」所支配，還有書中描寫的事件，例如書末的雪中火災，葉子從二樓看臺墜落，無非就像映在火車車窗上葉子臉龐上的燈火般，彷彿只是人和自然毫無接縫交融的寂靜奇蹟瞬間。因此在小說結尾，就算讀到仰躺在地、不省人事的葉子，以及島村如下的感受時，任誰都不會感到驚訝。

「島村不知為何並未感受到死亡，反而感覺葉子的內在生命正在變形，變成另一個樣子。」

這部小說有如在變幻莫測的人類生命中每一瞬間純粹持續的賭注，若要定出一個主題，那就在島村的這句話當中。不只是葉子，連駒子的態度也一直在這個中心思想之下。那既是女人「內在生命的變形」難以形容的紀錄，也是火焰迅速上竄般「變成另一個樣子」的瞬間速寫之集合。駒子和葉子並不算是始終如一的人物，甚至性格也沒有一貫性。她們只能像擺脫不潔般透過生命的諸相，來描繪生命的搖擺、生命的悸動，以及生命的變化瞬間。文中屢次出現的「徒勞」一詞，則是對於如此漫無目的浪費生命的姿態，所展現危險之美的反論。

川端的自然書寫，並不像一般人所稱僅僅描寫美麗的自然；當他描寫山色令人不安的變化、並因此出現幻覺之後，突然像想放棄般如此寫道：

「天空和山峰並不協調。」

在將雪景照得純白到發亮的鏡子中，浮現野性奔放的駒子那張紅通通的臉頰。在奇妙的閣樓間，同一個女人「以蠶蛹般透明的身軀居住著」。縱使把這些細節拼湊起來，也無法剛好形塑出一個叫做駒子的形象。由此可知，色情從來就不需要整體。

雖然如此，這部小說仍然非常有魅力，能夠讓讀者為尋找〈雪國〉的原型人物而外遊旅行。儘管作家從未給出完整的提示，而純粹的持續終究帶給讀者主動拼湊細節的力量。就此意義而言，這部獨特的小說，同時也是最具普遍性的小說。

四

〈千羽鶴〉（千羽鶴）

——以如下順序，和〈山之音〉（山の音）同時在雜誌上以連載的形式發表。

《讀物時事別冊》昭和二十四年五月號〈千羽鶴〉

《別冊文藝春秋》第十二號昭和二十四年八月〈森之夕日〉（森の夕日）

《小說公園》昭和二十五年一月號〈繪志野〉（絵志野）

《小說公園》昭和二十五年十一、十二月號〈母親的口紅〉（母の口紅）

《別冊文藝春秋》第二十四號昭和二十六年十月〈雙重星〉（二重星）

咸認小說名稱的由來，是稻村家千金抱著有千羽鶴圖案的美麗風呂敷[15]，不過她在小說中只出現兩次，幾乎不曾開口說話，與青年菊治的人生毫無交集，和書中複雜的人際關係也無牽連，到了小說後半就消失了。傳言她結婚了，但不知到底是真是假。

不過，菊治偶然從電車窗戶瞥見了稻村家千金的幻影。在午後陽光照射下的皇居前林蔭道路上，奇怪竟無其他行人。

「菊治感覺自己彷彿看見稻村家千金的身影，她抱著白色千羽鶴圖樣薄紅色縐綢材質的風呂敷，走在林蔭道路上。」

這個美麗的清純幻影，不像受縛於地面上因果絲線的醜陋故事，而似千羽鶴般飛翔在高空中。乍看彷彿和故事內容毫無關聯的書名，其實本身就是一種古典技法。

〈千羽鶴〉是川端擬古典主義風格的作品之一，相當於谷崎潤一郎的〈盲目物語〉和〈蘆刈〉等一系列作品。書中描寫最生動的，就是胸部有顆痣的惡女千佳子（ちかこ），她很像王朝時代[16]故事中出現的那種素行不良的宮廷女官，甚至連菊治也不像當

15 指日本人用來包物品的大布巾。據說最早出現於室町時代，當時民眾在進入浴場前，會把脫下來的衣物放進大布巾包起來，因而稱風呂敷。風呂有澡間、澡池之意。

下的青年。這名相當沉著、完全委身感官且不帶立場的澄澈青年，「躺在暗處觀看螢火蟲」時，令人想起《源氏物語》中的光源氏。太田夫人原本是菊治父親的女人，後來也成為菊治的女人，在聽聞菊治訂婚後服毒自殺，這情節極富戲劇化趣味，最後太田夫人的女兒也背起母親的罪孽，與菊治發生肉體關係。種種令人擔心其生死安危的結尾，全都是王朝式風格。

不過我認為小說的有趣之處，出乎意料地竟是諷刺潛藏在日本風雅中的俗氣。茶會[17]由庸俗的女茶人[18]千佳子舉辦，而且目的是相親；在千佳子眼中，茶具相關的審美技巧都只是世俗職業的知識，所以當她強迫菊治接受親事失敗，就打算暗中處理掉茶具。在那一只只茶具上，都背負著醜陋的偷情祕密傳承下去，而太田夫人死後留下的那只志野燒茶碗上，留有夫人的口紅痕跡，如罪行般沾染著，小說中這些小道具所寓含的俗氣無懈可擊。

茶道中俗氣至極之處，就是隱匿在茶具授受和鑑賞之下所纏繞的情色……經由美的形式，暗喻比起平凡人際關係更為糾結凝滯、鮮活且肉慾的人際關係，而這日本美學的獨特反論，由〈千羽鶴〉圓滿地完成了羅馬式。因此，這部小說的水準可以說在一般唯美主義作品之上。

五

〈睡美人〉

——連載於一九六〇年一月號至六月號、一九六一年一月號至十一月號的雜誌《新潮》。

這是川端的中篇小說中，結構布局最完整，也是近年的代表傑作。

16 指相對於日本江戶時代幕府（武家）掌權、天皇握有政治實權的時代。奈良時代和平安時代雖然皆為王朝，不過狹義上多指平安時代。

17 日本茶道是一種為客人奉茶的茶敘儀式，而喫茶的敘會則被稱為茶會。

18 在此指精於茶道之人。

我至今仍難忘第一次讀完這部作品的感覺，那像是待在沉沒的潛艇艙房內，感到氧氣一分一秒減少般地喘不過氣。在近代文學中，除了卡夫卡[19]的小說，實在想不出其他堪可比擬之作。小說的場景從頭到尾都在祕密俱樂部的密室裡，是一種精神閉鎖狀態的巧妙象徵。想到這是身為小說家川端先生的地獄，就讓我感到不寒而慄。

不過，這樣的主題即便是以過於極端的形式呈現，對於川端文學的讀者而言，也絕對不是什麼新鮮事。小說〈禽獸〉中出現的愛情形式，即獨鍾少女的癖好，從初期作品就反復出現，最終仍歸於此作。無論是處女，還是小鳥和狗，都是不會言語、絕對被動存在的純粹主體。性慾之所以在精神交流下減退，是因為人們會在或多或少的談話中出現主體性。比起企圖進入對方內心、不斷追求不可能達到的性衝動理論，有意識地在對方的身體肌膚上斷然停止，其實更有意思。對於真正的性衝動而言，女人的「外面」遠比內心更是一塊難以企及且充滿謎團之處。所謂的處女膜，就是性衝動觀點中最神祕的「外面」象徵，而那絕對不屬於女人的內心。

川端文學裡，最能引發性慾的就是處女，而且是在睡眠中、不言不語、一絲不掛地橫躺著，如天際線般一種永遠無法抵達的存在。「睡美人」們，就是符合如此慾求的邏輯性結果。

當然，在此看不到〈雪國〉中女性生命的激烈擺盪，那麼何妨來看看這段引文，這裡有著解剖學般愛撫的恐怖描寫：

「江口的手指觸摸到少女的牙齒，手指被少許黏液沾濕。老人的食指伸入少女的雙唇間，撫摩少女的齒列，來回兩次、三次。原本有些乾燥的嘴唇，被少女嘴裡流出來的黏液潤滑。口中右側有一顆暴牙，江口把拇指伸進去捏一捏那顆暴牙。他接著想把手指伸進嘴巴最深處，不過熟睡中少女的上下兩排牙齒卻緊閉著打不開。」

如此緩慢玩弄肉體的速度，完全不同於愛撫的速度。這不是隨著性愛而律動的愛情表現，而更像是進行一場澈底的認知行為，因此言語上的細膩描述和反生理性的緩慢動

---

19 Franz Kafka，奧匈帝國的德語小說家，代表作有《變形記》、《審判》、《城堡》等，為二十世紀最具影響力的小說家之一。

作，巧妙地完全趨於一致，而小說的進展速度給人一種真實卻沉悶的異樣感。

六名少女各自的描述也實在很獨特。小說家將透露個人性格的線索例如談話、動作、眼神、衣物等盡數剝除，隱藏著私生活和人生的每副肉體，儼然成為僅僅遭玩弄的標的。少女的肉體有如白色畫布般，江口老人隨心所欲地畫上自己過去的幻影，同時間，每副肉體都以絕對無法取代的魅力，帶給他新鮮的感動。這不是所謂的個性。在男人抽象的慾望之前，女人活生生的肉體每一次都以最本質的力量加以阻擋，阻礙其慾望——下唇厚度的不一致，脖子的粗細和長短，肉體各部位細微的差異，都與這體現有著極緊密的關係。就這樣，〈睡美人〉的女體描寫，成為足以和最練達雕刻家的觀察力匹敵之作。

那些絕不主動求歡的人，其嗜好是對動也不動的肉體產生慾望，以致最終達到姦屍的幻影。小說的結尾，與兩名少女一起睡覺的江口發現其中一人已經死去而感到驚訝時，老闆娘有禮地回應：

「還有一個，不是嗎？」

這句漫不在乎的話，就是從情慾觀點提出對人道主義最嚴厲的批判。我甚至認為這是一部具思想性的作品。

我想引用沙特在《尚・惹內論》[20]第二部「有可能透過美獲得救贖嗎？」中寫的一段文字，這段內容不僅很符合這部小說，也寓意著川端文學廣泛的性格：

「審美主義絕非發自對美的無條件之愛，而是來自怨恨。」

「美既非假象也非存在，而是一種關係。換言之，是一段從存在到假象的變質作用。」

「所謂美，就是看到顯而易見之物的悖論。」

「美（和詩）相反，代表虛幻的勝利；詩是存在壓倒一切，美則是存在感下降且發

20 法國存在主義作家沙特曾表示在法國小說家尚・惹內作品中發現一種獨特且高尚的特質，並撰寫六百多頁評論其作品。

出空虛的聲響，削弱了存在壓力。」

「美並不會產生充實，而是製造空洞。這是具否定性的、使人不安的樣貌。」

「惡企圖破壞存在。而且假若惡不藉由存在的力量來遂行破壞，也就是如果惡不與秩序或理性共謀以發揮力量，惡就必須變成美。美既是為建構假想世界的法則，也是在其中確立秩序、不成為善卻讓惡從屬於全體的唯一法則。惡就只能以憎惡之眼來窺視美，所謂審美者的美就是秩序力量的惡。」21

六

〈十六歲的日記〉中的少年，乍看純樸，實則冷靜透徹，在他的眼中，讀者會發現這是川端作為小說家的起點；後來透過〈伊豆的舞孃〉的主人公，可看出作家積極追求某種孩子氣、甜美及純潔性的意圖。在此意志下閃閃發光的生和死的交會，在短篇〈抒情歌〉、〈義大利之歌〉（イタリアの歌）中，互為表裡地照射出奪目的光彩。

同樣都以一句：

「你在哪裡呢？」

作為開頭和結尾的連作〈反橋〉、〈陣雨〉（しぐれ）、〈住吉〉，雖然都以〈梁塵祕抄〉[22]清寂的讚佛歌為主題，戰後不久（昭和二十二年十月〈反橋〉、二十四年一月〈陣雨〉、二十四年四月〈住吉〉）這些作品出現時，其清澄感仍令人難忘。其間有著生命最悄然的嘆息，以如秋蟲蟋蟀聲訴說，穿透戰後的喧嘩，重新進入少數人的耳中。我發現川端真正了不起之處，就在這樣的時期。

21 日文原句為平井啟之日譯。
22 為日本平安時代末期，後白河法皇編纂而成的歌謠集。

臨終之眼

〈臨終之眼〉（末期の眼）寫於昭和八年（一九三三年），也就是昭和史上最富危機感的年代，而且還和發瘋至死的畫家古賀春江[23]及芥川龍之介死前文章有關，所以字裡行間帶著一股鬼氣。這篇文章處在那個時代，就有如漂浮在黑水上的一滴油所映射出的彩虹。川端是透過他人之死來忍受時代吧？

「一切藝術的奧祕，就在這篇〈臨終之眼〉吧。」

因為這一句，此篇隨筆被視為宛如川端在藝術觀、人生觀的決定性宣言：

「和女人之間縱有生離，和藝術界的朋友卻只有死別，沒有生離。雖然和許多舊友已斷絕音訊，或不歡而散，但我從未曾感覺失去過他們。」

「我想像，如果仔細思考死亡，最好的結果是病死。無論如何厭世，自殺並非覺悟。無論德行如何高超，自殺者依舊遠離大聖境界。」

「有人稱我『魔術師』，我竊笑著。我了解他只是世上不明事理其中一人[24]，因為他未曾看到我心中的哀嘆。」

「（談到古賀春江發瘋將死之際，筆跡雜亂，難以辨識，卻能精細作畫）就這樣，在所有身心的力量中，繪畫的能力維持得最久，直至死亡才失去。」

「（發現竹久夢二的戀人和其畫中人物太過神似而感到愕然）那不是虛構的畫。夢二

23 一八九五～一九三三，活躍於日本大正至昭和初期的超現實主義畫家。

24 原文為「盲千人」，來自「世の中は盲千人目明き千人」一詞，意為世上有多少明白事理之人，就有多少不明白事理之人。

把戀人的形體完全描繪進自己的畫中。這可說是藝術的勝利吧，卻也有一種不知被什麼打敗的感覺。」

——如上所錄的片斷思維，交織著川端和幾位藝術家間關於死、藝術、女人等的回憶。讀後才知道，這篇文章是川端先生假託已故藝術家，對自己人生和藝術的告白；不過在這篇告白中，隱藏著很深的孤獨感，絲毫看不出告白者那熱情和動人心魄的身影，彷彿只是告白者在呢喃著「隨便怎樣都可以」。

韜光養晦成功人士的苦澀喜悅、對於掌握藝術上勝利關鍵者敗北的明察……就這樣，川端隨筆的特徵為其思念的直敘，一如在蘚苔覆蓋的庭園裡，微弱的陽光有時被飄來的浮雲遮蔽，忽明忽暗，光線明亮時模糊，昏暗時也模糊。

在此並不是要高聲主張意志與邏輯性精神。有的是不連續的生命，也就是說，偶然間的覺醒頓生一種連理智也追趕不及的洞察力，那種洞察在下個瞬間（一點也不浮誇！）成了另一種被否定而拋棄的特殊精神樣貌。而且即便字裡行間都散出不祥的氣味，所描述事物本身也很明確，仍稍稍遭受一股所謂「靈性的垢」纏繞。以為透明卻不透明，亦未明示事物。人們一旦走進這種精神狀態，就像被不老實的嚮導帶領而迷失方向；他們絕不會告知人們目的地，也絕不會伸手指著風景或植物一一清楚說明。這背後彷彿隱藏著什麼，但最困擾的其實是作者自己，因為他似乎沒有打算隱藏什麼的心思。這篇文章暗喻著藝術家之死，及其死前眼中的世界。可是僅止於暗喻，並無明確的描寫。藝術的才能如同最堅韌的器官，直到臨死還能殘存到最後一刻；由此說法而生的不適感，不在於所謂的「殘存」，而是把藝術才能和器官等同看待成毫無價值之物的視角所透出的恐怖。〈臨終之眼〉被評價為藝術之精粹，似乎能理解這樣的說法，最後仍不得其門而入。因其筆調缺乏讓人理解的親切，可能臨終之人仍無法傳達其最終的體驗；所謂藝術的精粹，絕對無法傳達給世人。唯一確知的是，假如在這世上，有個否定自殺、令人不安的永生者，他背負著宛如「漂泊的荷蘭人」[25]的藝術業障，經常看到惟臨終之眼方得見的風景，卻拒絕傳達世人，雖然有時會向美麗得不自然的女人投以微笑，終究不親身參與那種美的形成。眾所公認其欠缺雕刻生命的熱情……把恰似永遠明澈的黃昏般「藝術的精粹」視為己物，並陷入極度孤獨的藝術家或匠人的姿態。這也是〈臨終之眼〉之所以讓讀者感到一股陰森之氣的原因。如此的「死之藝術家形象」，一直保持到今日，歷經數十年不變；而全然相反的說法，正是其中潛藏作家「永遠的青春」的證明。

25 Der fliegende Holländer，由華格納創作的歌劇，劇情描述一名因觸怒天神遭受詛咒，在海上漂流多年的幽靈船長，最終尋得真愛而獲得救贖的經歷。

尾崎一雄／外村繁／上林曉

此次，我為了撰寫本全集的解說，接連讀了尾崎一雄、外村繁和上林曉三位作家的私小說。當然其中也有很多曾經讀過的作品，不過這次讀後有更多感觸，尤其在這動盪不安的時代裡，儘管是尋常的表現手法，卻感受到許久未經歷的心靈洗滌。而且再度發現了一百個否定論仍無法否定的「文學」，有如河底的小石子般玲瓏可見。

然而這既不是我的發現，也不是我的創見。私小說一直存在，在時代潮流的衝擊下依然屹立不搖；變的只是世人乃至淺薄的人心，私小說的領域及其本質並沒有改變。我同時認為私小說頑強地「存在」近代日本文學中。

不過，我並非囿於所謂「私小說」這種已存在的概念來讀三位作家的文學。坦白說，我明知有其他人更適合評論這些作品，不過為了精進自己（這種說法雖略顯偽善），我還是自告奮勇擔任這一卷的解說者。所謂「精進自己」，起初只是出於一股直覺，如今靜下心細讀，更感到閱讀他們的作品，在自己的精神生活上實在有此必要。雖說是自我本位的閱讀方式，不過閱讀本身的自發性乃是事實。因此這篇解說會稍微逸出常軌，反倒更接近我如何讀這三位作家的感想文。

此外，雖說是私小說作家，我反倒希望讀者以尊崇之心看待，閱讀過程能不被作品中的真實所壓倒。雖說把結論先說在前頭很無趣，但在將三位作家並列時，不得不承認在文學高度上，尾崎和上林這兩座山峰擁有截然不同的山貌，外村繁則是較容易親近的丘陵，文學水平比起兩人是稍微低一些的。

尾崎一雄

尾崎一雄看似無憂無慮，事實上卻非如此，他只是一位不願流露出絲毫感傷的倔強作家。充滿苦痛的簡潔，以及名門少爺獨有的豁達及磊落豪爽。看似散漫放蕩卻不耽溺於浪漫派的自我破壞，禁慾且穩重自持。其文章精拔有力，宛如歌舞伎演員綁著的角帶[1]般，看似寬鬆，但無論怎麼跳躍都不會脫落。才想著真幽默啊，卻又發現那謹慎超群的目光。感覺是個宿命論者，卻熟知「生存」之道。尾崎不像志賀直哉那樣神經質，卻同樣是富陽剛氣息的作家。如同志賀有非私小說的傑作〈赤西蠣太〉，尾崎也有非私小說的傑作〈猩猩〉。而且他和志賀一樣，本質上都是懶惰者。

所謂的懶惰者，就是討厭以事務性又機械性的態度來運用時間，而是在運用時間上儘可能保持順其自然的心態，以及隨之而生的生活姿態；這也可以說正是私小說作家的必要條件。假如時間限制了人生乃至生活，如此一來自己的人生就會喪失原有的存在感——這也是私小說的本質；換言之他的人生永遠無法成為小說的素材。這般微妙的生存態度是，保持不容自己為了「活著」而干擾自己的人生；也就是說，不斷留心自己的人生沒有「活著」之外的意義。這技巧有時甚至是種狡猾，不過他的誠實仍然是最終的

1 日本男性穿和服時使用的一種窄幅扁硬的腰帶。

本質。

我之所以講得如此誇張，是因事隔許久優游在私小說的世界，讓我得以在這段時期逃離現代社會如機械般非人性的時間。如今的東京，已經成為比紐約還要嚴守時間（punctual）的城市。

然而，這種慎重看待人生年輪的生活態度，絕非將人生抽象化，也並非意味著不切實際的生活方式。尾崎為保護松樹毫不猶豫殺死大量毛毛蟲，〈蟲子二三事〉（虫のいろいろ）毋寧說是對昆蟲相當殘酷的。由於外村繁欠缺此種天真的殘酷，因此弱化了其作品的文學性。

〈快活眼鏡〉（暢気眼鏡）是尾崎一雄的成名作，也是拍成電影而膾炙人口的作品。不過，主人公之妻芳兵衛[2]開朗快活的個性，在電影等媒介誇張傳播下，甚至有人因此認為這是幽默小說。事實上，這是一部內容沉痛、甚至悲不可抑的作品。

〈快活眼鏡〉以賣金牙且極為窮困的生活為開端，「我」對這種生活所產生的扭曲心理，迫使自己要求妻子芳枝必須「單純爽朗」。芳枝很「單純爽朗」、「卻是個可憐的女人」，這既是不堪生活的唯一支柱，也是支撐「我」活下去的最後力量。而芳枝也確實盡說些「五歲時，我穿著紅衣服被火雞追著跑」這類的樂天話，如此來看，她的性格真的很爽朗。不過，當友人看到她趁夜逃跑揹著行李追來時的傻氣模樣，追問：「你覺得她怎樣？」而「我」只能搪塞道：「這傢伙就只是很爽朗而已。」這一瞬間，讀者發現「我」要求她成為一個爽朗的人，或許有其迫切的必要性；爽朗並非她在性格上的問題，誇張說起來是「我」期待她擁有一種看不見的聖潔性，而這就是一副「眼鏡」，一如「我」面臨人生深淵的憂懼。

「眼睛一張開——芳枝所戴的重度『爽朗眼鏡』不知何時會損壞，那時又該怎麼辦呢？——」

這部小說以「我」反思戴著眼鏡的人並非芳枝，也許是「我」本身，作為小說結

---

2 小說中「我」對妻子芳枝的親暱稱呼。

尾，是富含深遠意味的結局。

尾崎觀察人性，是經過多重折射，仔細觀察表裡而來，然而亦有所節制。我認為正是這下決斷也不脫離節制的態度，才使其作品深具格調且明朗。

我這麼想的理由，在於和芳兵衛幾乎完全相反的「父親」的形象。

〈父祖之地〉（父祖の地）中描述的父親形象，是略去一切分析之下恬靜而美麗的日本人形象。父親受到祖父無禮對待而「暗自哭泣」的場景極具暗示性，「我」於此告白對於這位「封建時代的典型紳士」，自己並無「譏笑其苦行僧信念的資格」。這不是他對小說中人物的寬容或情感。作家並未特地描述這名父親的心情，卻藉由某種共通的情感，樹立起一種人物。我在這裡看見了近代日本小說中，在森鷗外之後已被放棄描寫的本質的日本人之姿，這罕見之例於此甦醒了。本質的日本人，同時是具倫理道德、也是因意志而生之人，除了小說家還有誰能證明呢？要描述這種道德人物的悲哀，採取心理分析會出現方法論上的矛盾。若是因分析而使其道德鎧甲解體，在那瞬間，也會讓僅僅受道德鎧甲保護的悲哀澈底瓦解，而欲使道德世人以立體客觀形象再現的目的，也必定走向失敗。這位恬靜、美麗的「悲哀父親」肖象，以極端的反自然主義手法，忠實地交到讀者手中，讓人明白所謂「私小說為自然主義支流」這種流傳文壇的說法，毫無根據且不足為信。

〈父祖之地〉深入描寫死亡。在「從美麗的墓地眺望」中，從墓地眺望美景本身，彷彿論及的是死亡的美麗遠景。在那裡，死已經完結，在和未來也將死去的親人（包含自己）之間，如身處和煦的小陽春天般有著片刻休憩。從墓地看到的美麗遠景，對於聚集在此、並說出自己終究會在墓地安眠的族人們，已是再明白不過之事。不過自然風景之美，因其不變而成為無情之美，而且愈來愈美。而這種正因從墓地眺望的遠景才美的說法，就在不經意間傳了出來。作家在這裡保持原有的節制，不深談宗教，儘管內含生死的祕密，卻不因畏懼而狂亂，而是不動聲色地展露出生者的安靜力量。

「就連叔叔們心中也各自隱藏著什麼，但是並不表露出來，而若無其事地談話。」

被譽為名作的〈蟲子二三事〉，並非如大眾的輕率想像般是藉昆蟲來凝視世人或人生的內省之作。

開頭提到兩隻蜘蛛的小故事（尤其是第二個小故事，描寫爬富士山而陷入困境的蜘蛛，並搭配逐漸變化的富士山景致，在短短幾行間展現奇特且卓越之美），還有跳蚤的小故事、蜜蜂的小故事，都是殘酷的筆觸。對於神怎麼看世人、又如何心血來潮地交付世人不合理的命運，「我」毋寧是積極想以昆蟲實驗來找出答案。因為若非如此，就無法理解生與死，以及存在於兩者間的疾病等非理性暴力。在這部短篇的結尾，正當眼前浮現生命甚至是宇宙的危機感時，突然帶入以額上皺紋夾住蒼蠅的幽默和明朗，讀者還以為是救贖的瞬間。

「稍稍感到不愉快。」

最後以這般耐人尋味的結語戛然而止。這就是短篇小說的呼吸。

〈蟲子二三事〉是一個實驗性質的故事。當人的生命被迫走入嚴峻修練，危機感擴大到極限時，將會發生什麼事？不過那終究只是心理分析，加上是一種超越日常感情的體驗，因此使用了昆蟲。昆蟲理應沒有感情。卻也正因沒有感情，才能表現出典型人類的愚蠢和悲哀相。

於是，如此毫無章法的命運一轉移到人類的世界，就必然發生如《舊約．約伯記》中嚴重執拗的故事。〈角落〉（すみつこ）就是這樣的作品。〈角落〉最動人的部分，就是有兔唇的兒子生前睡覺時放在鼻子那條暱稱「角落」的小棉被燒掉時的最末幾行記述。深入杜斯妥也夫斯基所謂「如果沒有上帝，一切都是被允許的」[3]主題，這部作品依舊是因角落棉被的具體形象和發出的異臭而生。〈蟲子二三事〉和這部作品可以在各種觀點上互相對照，若說〈蟲子二三事〉是捨棄心理而形成的小粒結晶，〈角落〉則是澈底探究心理而臻至未知領域的大顆礦石。

依我個人見解，尾崎雖然有些不同於完全以強烈感受性解釋眼前事物的志賀直哉，

---

3 源自俄國作家杜斯妥也夫斯基的代表作之一《卡拉馬助夫兄弟》，書中的兒子在此論點鼓動下，為發洩自身鬱積已久的悲慘處境及奪取金錢，殘忍謀殺了自己的父親。

卻同樣是具有極度健全的感受力，並視情況以不畏冷酷且漫不經心「接觸外界」時，最能放射魅力的作家。而這種無所顧忌的奔放情感，肯定是他眼中最自然的愛的樣貌。〈夢幻記〉（まぼろしの記）就是以這種特質為基礎的作品。這座「有六十戶人家的小村落」，就像是人類世界用於實驗的小燒瓶，村中接二連三發生讓人惶惶不安的事件；看起來和諧的大自然，也在地錢和毛毛蟲不斷入侵下騷動不已。儘管表面上平靜無波，其實人世和自然界都因躁動而持續變遷著。就算世界是個幻影，仔細觀察後也可知那絕非幽寂的幻影。

躁動不安的原因，大致來自「惡」。「我」適度地遵從世俗規範，對他人的惡雖相當寬容，卻還是保有一定的道德潔癖；然而在面對「自然之惡」的害蟲時，卻抱著除之殆盡這種截然相悖的態度。因此「惡」繁茂不已，而「我」的生活態度，套句流行語，則是待在靈活應對的戰略領域[4]。這並非任由善和惡恣意妄流，而是儘可能保善除惡，且半帶好奇心地等待，不久後不屬於俗世規範之物，即「死」到來時，就能好好探究這傢伙的面貌。

不過，「我」隱約讀出了一種大致的構圖：世間的紛紛擾擾，無論物欲或色慾，都似乎和惡有所關聯。而遙遠的惡之根源和遙遠的善之根源毫無分界的交會處，即是死之所在。或許也可以說，這幾乎代表著日本人看待自然的態度。但在結尾處，一名高僧突然在他人居處侵犯女傭的插曲，有如鐵鎚[5]般乍現，「我」的想法於此般變得十分透徹。

「我認為不去消滅任何害蟲或惡蟲，放任牠們恣意妄為，就和無論何時何地、無差別地姦汙他人，同樣都是無視人類社會的規範。在忠於自己思想這點上，則無絲毫差異。」

不過，從社會大眾的立場來看是無法被接受的。所以雖知「有一種善惡不分、不知從哪裡來的力量」，「我」仍在這裡，在浮沉的世俗中，在躁動不安的幻影中活下去。已過花甲之年的「我」，倏地想起二十幾歲時曾有過的自殺念頭，憶起看見六角堂[6]下

4 原文為「柔軟反応戦略」（flexible response strategy）。三島撰寫本文時為美蘇兩大陣營冷戰期間，美國總統甘迺迪於一九六一年提出此戰略，作為從游擊戰到核戰的全面因應態度。

5《日本書紀》曾記載以鐵鎚擊打舍利子試其真偽，結果鐵鎚損毀、舍利子安然無恙的故事。

方結冰的美好往事。

〈退休願望〉（退職の願ひ）中，某個上了年紀、想退休，有時會在轉瞬間受開朗調皮氣氛影響的人，同時間和一名二十幾歲自殺未遂的年輕人產生了交集。這是個一直與死亡為伴，以輕鬆態度活著的任性人物所有的深度智慧泉源。

外村繁

外村繁的〈鶺鴒物語〉（鶺の物語），一般咸認為私小說作家以世相為主題的非私小說作品，就作品內容的飽滿來看，此類作品比私小說更來得優秀。我認為如果作家未曾遭遇那般可怕的悲慘命運（這假設自然毫無意義），或許能成為西鶴[7]那樣了不起的作家。

文章沒有贅言，描寫簡潔，書中寫了非常多關於批發商業務員的工作、生活等俗務浮沉。雖未說破，卻巧妙地讓人感受到處於時代壓力下，即便竭盡心力於分秒必爭的商場，終究不敵大資本而衰亡的中小企業命運；其間同時穿插些許戀愛的感傷……一定有人認為這是從舟橋聖一[8]名作《悉皆屋康吉》中，捨去藝術家小說表層而來之作。

本書充滿活力。既有遭金錢折磨殆盡、沉積世界底層的青春，也有純真無欲的人性，以及無止境的庸庸碌碌。

想起武田麟太郎[9]以世態為主的優秀小說中，描寫游手好閒之人和時代脫節的情形，但後世讀起來，反倒覺得游手好閒者其實受到時代更強烈的制約；〈鸝鶯物語〉中也可看到這種表現。登場人物異常忙碌，這種忙碌觸及日本人的基本性格而普遍化，此作也因而成為以造就戰後日本經濟人們的活動為主的寓言故事。小說寫於昭和八年（一

6 指日本京都的紫雲山頂法寺，因呈六角形建築，又被京都人稱作「六角堂」。
7 井原西鶴為江戶時代前期的俳句家、淨琉璃作家，以《好色一代男》等浮世草子（以描述世態的各種故事書）聞名。
8 一九〇四～一九七六，日本小說家、劇作家，代表作有《悉皆屋康吉》、《雪夫人畫卷》等。
9 一九〇四～一九四六，日本小說家，曾加入無產者藝術聯盟，其市井小說寫出下層社會風俗和小人物悲歌，後與川端康成、林房雄和小林秀雄合辦雜誌《文學界》。本書亦有收錄三島對其文學的分析。

九三三年），從那之後，像杉野君這類的標準青年，俐落敏捷、活力旺盛，還帶有一點純真，即使在昭和四十四年（一九六九年）的今日來看也幾乎沒變，仍是一幅日本人性格的素描。由此可見，鸕鶿與飼育鸕鶿者間關係的比喻等等，反倒是枝微末節之事了。

〈夢幻泡影〉是獻給髮妻的哀悼歌。這部作品因結尾測驗遊戲所表現出的殘酷和悲哀，而讓人難以忘懷；〈浮標〉（澪標）以描述作者本身的性生活而聞名，特別是幼年時期的鄉下生活寫得非常美，是一部讓人永留心中的作品。

不過，除去那偶然的老後罹癌及隨癌症而來的陽痿，還有祈願妻子通姦的情色描寫之外，我苦思不解的是，為何作家非得寫下如此單調無味的性慾史不可呢？鷗外的〈性慾的生活〉描述之平淡，絲毫不比這部作品遜色，不過那是一部諷刺反自然主義、對當時言論箝制的全力反抗，此外還包括記錄明治知識分子性生活等意義之作；相較之下，〈浮標〉的性慾史並沒有需要特意以文學表現的必要性，因而展現不出張力。所謂性的告白，當具備能顛覆平凡日常法則的力量時，才有其文學上的意義。此時的「性」已不再單純屬於個人的告白，當外界逼迫書寫者告白時，「性」就成了外部的對象。

〈悲憐日常〉（日を愛しむ）是外村一生當中幾部私小說中的珠玉之作。夫婦一同罹癌，相偕感受每分每秒的悲喜，雖是世間極悲慘的場景，也同時是上天的恩賜，於焉誕生了這部罕見的寂靜主義[10]小說。小說所表現出的寂靜並不尋常，既無機敏的文學感，也沒有細膩描寫，卻透著如水般平靜漂蕩的氛圍。這種氛圍擁有令人難以抵禦的滲透力，宛如夕暮時沼澤射出的微光般，舒緩著精神和肉體上的苦惱。我先前形容外村是三位作家當中文學水平較低的丘陵型作家，然而他或許也是最令人不安的作家。不過這種不安感，究竟是基於純粹的文學評價？抑或是實際認識他所經歷的嚴苛命運所致？我至今仍不清楚。

10 Le quiétisme，一種神祕的靈修神學，信徒在靈修中享受與神交流的神祕經驗，但這經驗並非來自個人修練，而是由神所賜予。

上林曉

對於世人評價上林曉是一位很時髦、或說是喜愛時髦的作家，我此次重讀其作品後，對這種說法有了並不是那麼中肯的印象。這不僅僅指稱模仿西歐或俄國的短篇小說〈薔薇盜賊〉（薔薇盜人），或是讓人想起讓・保羅散文的傑作〈野〉等作；即便是他最平庸的私小說，也都搖擺著時髦的氛圍。

上林曉和尾崎一雄的資質，在很多面向上是截然相反的。若說尾崎一生保有少爺的好勝脾性，上林則帶有苦學生的堅毅氣質。若是尾崎會發脾氣的狀況，則上林肯定會忍耐。他的忍耐之道有時甚至帶著自虐，這種陰鬱和執拗會令讀者感到「忍耐到這種地步也夠了，多少發洩一下吧」。不過這並不同於尾崎〈父祖之地〉中父親那種具道德意志的忍耐，而是一種生理特質。兩人看待貧窮的態度也恰好相反。尾崎曾有過散盡家財的揮霍青春，而上林看起來似乎未曾經歷過浪費的快意。此外，尾崎的感受性本質上是健康的，只要不是生病，實在是再尋常不過；相較之下，上林的感受性雖然內在忍耐力極強，卻飄著一股薄荷味般的病態，能夠清楚捕捉到這種病態的作品就是〈野〉；這部作品有些部分令人想起瘋狂作家熱拉爾・德・內瓦爾[11]。上林在某些作品中甚至流露出陰濕植物般的厭世感。

我在重讀〈野〉之後，可以毫不猶豫地稱之為傑作。藉由看似空虛乏力卻充滿張力的飽滿表現，足可匹敵佐藤春夫的〈田園的憂鬱〉（田園の憂鬱），或說在深度上還更超越該作。我讀〈野〉的時候，多次想起讓・保羅的〈關於人類情感的常綠〉。

〈野〉描寫一名青年肩負著父母對他「成為有所作為人物」的期許，從故鄉來到東京，但在都會生活中只學到了委靡不振，比起都市人來得更頹廢。這是明治以降就不曾絕跡的眾多青年中其中一人的手記。可是這部軟弱的小說，卻也是一部描寫頹廢的精采作品，〈野〉竟如此滿溢著鮮明的詩意！而作品中流露的軟弱，不正是由活力源源不絕的文體和語感而得以支撐的嗎！

這是將夢想寄託在一位默默無名的神學院學生的青春紀事，然而真實的青春卻太過

---

11 Gérard de Nerval，一八〇八～一八五五，法國詩人、散文家、翻譯家，浪漫主義文學代表作家之一。

悲慘。主人公在清寂的神學院中聽見麻雀鳴叫，起初他不知道是麻雀，還視為一隻神祕鳥兒的啁啾，此時作家筆鋒一轉，滲漏出一道非現實世界的幻影，極為巧妙——將身無分文的「我」習慣坐在神學院的長椅上，於走出大門後極細膩的景色描寫有如蝕刻版畫般精緻，反倒透出了非現實的氣味。

「在很遠很遠的文化住宅[12]後方的旱田，有個年輕女子正蹲著打毛線，她的膝蓋上有一團紅色的毛線球。」

如此清晰，卻有如隔著玻璃看人生的精神分裂式寂寥所結晶而成的詩篇。尾崎文學是這樣的，即使生病了，人生還握在尾崎的手中；而在上林的〈野〉中，人生早已脫離自己掌握，彷彿映在衰弱瞳孔中遙遠的影像般，只在遠方井然有序綿密地排列著。

「白色柵欄」的主題出現了。〈野〉具有賦格曲[13]般的結構，主題一個接一個逃離「我」而去。

來看看在牧場裡，「我」看到牛的細膩描述吧：

「每一頭牛都垂著巨大乳房，隨意或站或臥，不過怎麼看都顯得無精打采，彷彿在嗅聞灑落在牛角上陽光的氣味般，一直抽動著鼻子。我每次走到原野，看到安靜的牛群也是種享受。看著巨大牛隻靜靜佇立著，我的心也感到平靜而安穩。」

那般憧憬的白色柵欄，不久後得知只是普通的騎馬俱樂部跑馬場柵欄而解開謎底。不過直到解開這瑣碎的謎底前，劇情的開展極度緩慢且不疾不徐——這就是〈野〉的特質，忠實描述主人公精神生活中非現實的律動和節奏，最後連讀者也深陷其中。

對於和自己毫無關聯的年輕騎士的青春活力，作者也刻畫得非常精確，並以此手法，把幾乎是〈野〉中唯一可稱作事件的過程，如此平實地描寫下來：

---

12 指日本大正時代中期以來一種和洋折衷的住宅。

13 巴洛克時期常見的作曲手法，使各旋律可以獨自發展、重疊，並確保和諧而不衝突。「賦格」為拉丁文「fuga」的譯音，原詞亦有「遁逃」之意。

「有一次那輛卡車要進入柵欄口時，撞到旁邊的一株小銀杏樹，震落了銀杏樹的葉子，卡車上載的砂因此成了一片金黃色。」

「白色柵欄」主題告一段落後，接著出現S池塘主題。病懨懨的「我」，優柔寡斷、意志消沉，精神頹廢至極，不過只是走一趟S池塘，已「徒然過了四年」。S風景區在小說開頭已有介紹。此時「我」終於來到S池塘，看到黑暗陰森的景致，回想起四年前和友人同赴Z池塘遊山玩水時的風景。那段回憶清晰到不像回憶，鮮明而詳盡地道出一切細節。在「我」的心中，過去等同現在，不，過去比現在更貼近現實，這是人們活在混雜過去和現在的證明。接下來，小說簡潔陳述現實中發生的一段悲劇作為收尾。

通常被稱為所謂私小說的名作，實際上其結尾都非常巧妙。那是既完美、而且看不出技巧的精采手法，上林曉的短篇小說也是如此，例如在〈父母記〉（ちちははの記）結尾就能看出這種手法，僅僅只是描述母親烹飪的幾行文字，就達到了宛如詩篇的水準。對短篇小說作家而言，具備攝影家的修裁（trimming）技巧是必要條件，尤其以沒有結局的短篇作為私小說的情況，其間的修裁更是微妙，非得達到極度細膩不可。

〈父母記〉中，父親和母親都將素一的文學熱情視為無用之物，這不僅僅是一名自我感覺良好的文學青年告白，敘事也保有相當的客觀性。無論私小說與否，重要的就是兼具正確的自我意識及客觀性，少了其中一項就不是好小說。最諷刺的是，許多非私小說作品反而欠缺了真正的自我意識和客觀性，而盡是殘留的習氣，也或許所謂的文學原本就兼具相互矛盾的命題。不過要我來說的話，好的私小說就是客觀的小說，好的戲劇就是出色的告白。

〈明月記〉是一部多麼幸福的小說啊！雖然這是一樁將發瘋的妻子送醫的悲慘事件，然而對於發瘋的妻子及其丈夫，人生的極度壓力逼使他們暫時「脫離」現實，結果就是情感頓時變得純粹而澄澈，瑣事在人生的比重增加，一切事物鮮活起來，連大自然都比平常更美了。如此也和幸福相去不遠吧。出院的十天前，夫婦並肩散步，丈夫考量到不讓病人聽到俗事心煩，反而暫時忘卻了世間的憂心事。這種虛構卻明亮的幸福（原來幸福都來自虛構），一如人們處在缺糧困境、彼此照應分食所帶來的平靜下，中秋的明月緩緩升起。

「在療養院還真是愉快。」

元春低喃道。

不過，在〈在聖約翰醫院〉（聖ヨハネ病院にて）中，以戰爭末期的世態為背景，發瘋的妻子和照顧瘋妻的孤獨丈夫的故事，則帶著悽愴的陰森之氣。這部於戰後不久發表的作品，雖打動了同樣苦於飢餓的讀者，但我認為這必定是來自人們對痛苦的同理，再加上那崇高的悲慘命運，進而產生尊敬之心。就作品來說，我較喜愛〈明月記〉的飽滿，可能是因為文中脆弱而短暫的幸福背後潛藏著可怕的不祥，而〈在聖約翰醫院〉卻將悲慘命運毫不保留地袒露出來。

在上林的其他作品例如〈二閒人交遊圖〉（二閑人交遊図）的結局中，唯一引起西化知識分子[14]共鳴的，就是看出老嫗充滿自信渡河的「生」之智慧；以及值得一讀的短篇〈小便小童〉（小便小僧）中「我很想見哥哥」所流露的哀切之情；〈晚春日記〉裡，「我」待在走廊，隔壁病房走出來的病人用冰塊般寒冷的手觸摸「我」的詭異場景，而且那是一名會偷吃食物的瘋女；最後〈走運願望〉（開運の願）則映照出對浪漫文學榮光的信仰餘暉。以上諸作，推薦讀者各自品讀。

14 原文為「余計者」（多餘的人），為俄國文學的一種概念，來自屠格涅夫中篇小說《一個多餘人的日記》，後指稱和該作主人公類似受西化教育的青年貴族知識分子，他們對傳統不滿，也有改革理想，卻缺乏行動，鎮日決鬥、賭博、無所作為地活著。

林房雄

序言

一

我第一次和林房雄見面，不知是昭和二十一年（一九四六年）還是二十二年，總之是在戰後的混亂期當中。當時我前往新橋一棟遭祝融之災的大樓裡的報社《新夕刊》，爬上被燒過、破舊又昏暗的樓梯到不知是三樓還是四樓，看到了正在編輯部喝酒的林房雄。林已喝到酩酊大醉，我結束拜訪要離開時，他就站在幾乎連玻璃都沒有的三樓後側窗戶小便。

為什麼我會認識林房雄呢？幾乎記不得了，而我們在文學上的興趣原本也不相近，在此之前我幾乎不曾讀過他的作品。之所以去親近林，毋寧說是我這個初出茅廬的小說家，所能展現的些許庸俗情誼。至於親近的理由：第一，林稱讚我還不成氣候的短篇小說；第二，他以對待獨當一面成年人的態度，來對待我這個還不被世人承認能獨當一面的學生，並以朝氣蓬勃的率直態度和我往來。我因而能在他面前，忘記自己的乳臭未乾。光是這兩個理由就很了不起了；可是還有第三個理由，當時林受到世人很大的非議，只要和他往來，就會被年輕人嗤之以鼻。不過我對於如此惡名昭彰的林，卻很享受和他「危險交往」的緊張感。豈止如此，（雖然說起來很不好意思）我想證明自己根本不在乎文壇和世人對他的風評，所以積極誇耀自己和他之間往來的事實。

不過如此拉拉雜雜的青年心理，實在沒必要繼續分析下去吧！

但沒過多久，我就發現自己毫無疑問地感受到他的魅力並被深深吸引。原本個人魅力這種事就難以定義，所以實在說不清楚是在何時及何種情況下；硬要說的話，我當時感受到的並非來自林房雄人格特質所散發的沉靜魅力，而我很慶幸能在他極富朝氣的年代，也是我還很年輕的時期遇見他。

我看到的確實就是這樣惡名昭彰的船長，為渡過動盪年代，大膽地掌握左舷，卻不同於至今曾掌握多次的左舷或右舷，而是在不曾有過的孤獨中，展現出強行渡過兩側皆露出岩礁的海峽的姿態。我從來不曾看過如此毫無章法的船長。假如像世人對其評價稱船長不過是個機會主義者，我倒認為他其實是擅於低調、安穩，而且更聰明的航海技術。對我而言，比起那些得意洋洋的輕佻年輕文人，和這樣的林房雄交往，實在有趣多了。

二

一旦觸及林房雄的魅力，立刻有各種疑問接踵而來。也就是說，首先對我而言林就是一個難解的謎團。

林房雄說話簡單明快，為人乾脆俐落，但他每一次在吐露自己的信念時，總像在和看不到的敵人戰鬥般，縱使爽朗地連同酒氣一起吐出來，卻仍奇妙地帶著一種獨白般的氣氛。不過當他說得愈多就愈不像告白，而且眾人都聽得很愉快。與其說他的告白予人信念堅定的觀感，不如說他一股勁地相信某些事情的努力和熱情，令人感覺更像獨白，就算那已近乎自白，我也不覺得只是一種陳述或思想上的自白，而是更具抽象熱情的自白。若是從對他抱有敵意的人來看，那並不是催眠師的話術，要稱作明顯在努力自我催眠的話術也可以吧！

林說話的方式，容易抓住年輕人的心（這也是成年人懷疑其誠實的理由）。儘管年輕人不會被表達堅定信念的人打動，可是看見那種持續奮戰想達到某種境界，並強烈相信自己已經站在那裡的熱情，就不會認為自己只是個旁觀者。如果說這是不誠實的話，那麼所有的年輕人都不誠實嗎？

可是林在獨白中，很奇妙地竟對聽眾毫無顧忌。若要指責他這麼做是錯的，應該要顧慮聽眾心情的話，反而獨白就看不出是獨白了。就這一點上，我對林的整體印象就是他很孤獨。

到底，所謂表達思想是指什麼呢？林好像無論如何都無法以簡單的方式和輕鬆態度去闡述自己的思想，他對所謂聽眾這種客體毫不顧忌（或說無法顧慮）一事，和主體本身不擅長告白是相互對應。與其說他苦於發揮自己內心思想，不如說是不擅長靈巧地利用自己的思想，也許這不靈巧之處，正是他誠實的原因。而林所產生深刻懷疑的模式，也是源自同樣的理由。

所謂表達思想，好像是要訴說自己曾犯的過錯或是天生的缺陷（儘管覺得討厭，卻仍存在自己體內）嗎？不過林多半在下意識中一直保有這種思考的調性，即思想是無法告白的，而堅信思想可以告白的傢伙實在很奇怪。

若是一味模仿他人思想並視為自己之物來述說的話，思想就永遠只能待在外部世界；而比起將那些盡是仰望外部思想的人們盲目推向抽象的狂熱，還不如思考自己有哪些能夠無所隱瞞並闡述的思想。此外，假如賭上所有的自尊心，把外部的思想和內部的堅定信念融為一體，只把持續不斷的行動原理保持在自己內部，把思想隔離在外部也是不錯。然而這種隔離無論如何都屬於活動性樣態，其實抽象性熱情還是不斷推向他，推到其極限，或許他本身就成為最自由的存在，也就是說他可能就變成思想本身。

表達思想，變成思想本身，是林房雄未竟的夢想。但或許他從最初就已明白，那原本就是不可能實現的夢想。林的虛無主義[1]即深深扎根於此……於是，他那獨特、全心全意深信自己已經體現思想的姿態，就這麼誕生了。

若是認為他在發表「轉向」聲明[2]之後，才出現可說是不信任思想的內心機制，這種理解並不妥當。接下來會提到，林房雄在話術上的特色和其文體有著密切關係，若仔細閱讀他在普羅文學時代[3]的初期作品就能明白。

三

由於林房雄的個人魅力非同小可，雖然前面花了點時間，我還是必須先把視線移到他的作品。林大半的作品，乍見之下，帶著不真實的晴空色彩。相較於他自身那種難以理解的魅力，他的作品似乎顯得過於平淡。不過我連一次都不曾忘記，他是一位絕對無法告白的作家。

認識作家本人之後才讀其作品時，為了避免將作家身影屢屢投射至作品的壞習慣，最好的方法就是不以作家本人來看待作品，相反地以警察製作合成照片[4]的手法，把作家外部可見的特徵，一個個拆解，再和作品的特徵分別連結起來。例如作家體態寬廣的話，就把作家的脂肪和作品的過多脂肪相結合；要是作家會口吃，就把口吃和作品不通順相結合；如果作家說話時帶有方言，就把這種方言和作品的方言要素結合。這就是在率先排除對作品優缺點的主觀評價之後，首要把作品和作家本身置於相同的位置，經過這步驟，才能站在客觀立場來評價作品優劣。而且正因真實人物和合成照片有所差異，綜合個別特徵和現實人物時會形成似是而非的整體印象，如此我們就能安心地放大檢視對作品的真正感覺。

由此看來，我發現林房雄的作品就是它應有的面貌。林的個人魅力不僅未減少作品的風采，平日他並未表露的善良及溫和性情，以及與此互為表裡的絕望感，就彷彿長在石牆上的小草小花般，在作品中隨處可見。

1 Nihilism，為懷疑主義的極致哲學形式。認為世界和生命的存在沒有客觀意義、目的和得以理解的真相。許多評論家認為達達主義、解構主義等思潮都來自虛無主義，虛無主義也被定義為某些時代的特徵。

2 林房雄年輕時為左翼學生、作家，並三度入獄，一九三二年出獄後發表「轉向」聲明出獄，開始在《中央公論》連載民族主義傾向的小說，強調文學和作家的自主性。

3 又稱無產階級文學，流行於一九二〇至三〇年代，主要描寫受壓迫的底層勞動者悲慘、艱苦的生活。

4 原文為「モンタージュ写真」，又稱合成照片，一般用於犯罪搜查，根據目擊者的記憶繪出嫌疑犯的輪廓、髮型、五官等，持續修正後達到最接近犯人的樣貌。

對林而言，所謂藝術作品及其創作，看起來有種令人難為情的好意的調性。他就像一名懦弱的慈善家，做了一件善事，就急著要求自己被責以與善行相稱的惡果。為何會如此？因為對林來說，他的藝術作品、他的小說，一定要背叛他的人生。

在此，我發現林和私小說作家相反。這位奇特的作家在自己和作品的關係、或說在人生和作品的關係中，他的作品有著日後會背叛他的奇怪宿命。若不去思考這即是他自己有著提前把會導致背叛的定時炸彈裝置於作品中的衝動，就無法解釋這樣的結果。

林的小說在人生各階段，無法避免地受到身為一名小說家在客觀主義上的要求。在未竟的夢想及戰爭的危機中書寫，而作家並未意識到危機，也絕對不視其為危機表現出來。惟〈四個文字〉（四つの文字，一九四九年）這樣的傑作是僅有的例外。

如此將自己的作品和不幸結合，在初期的作品中已然相當明確。在人生各階段中，以為充滿希望的時刻卻孕育絕望；出發之際則暗喻著終點；在愛的時候已經失去了愛；全力追求理想時卻已失去理想……而且他是一個只知道以希望、出發、愛與理想來表現的作家，對於這般不真實的耀眼晴空般的筆觸，我既沒有評其為「樂天派」的勇氣，也無責難他為「背叛者」的自信。只能說林房雄的作品魅力，交織在奇特的開朗與不安的特質中。

四

有人說林也許受到了「政治」的欺騙。不過，對於所謂幸或不幸，經歷過何種狀況、備嘗多少艱辛，導致作家受蒙蔽而犯錯之類的辯解，我天生不相信。「思想轉向」在日本知識分子的歷史中也許是大事件，然而林的〈獄中記〉之美，是無涉於日本知識分子歷史所成立的美。在此意義上，普羅文學時代的初期作品，也同樣很美。

歌德[5]對史坦夫人[6]說：

5 *Johann Wolfgang von Goethe*，一七四九～一八三二，德國詩人、小說家、劇作家，著有《浮士德》、《少年維特的煩惱》等，在世界文學領域占有重要地位。

6 Charlotte von Stein，一七四二～一八二七，為德國劇作家席勒與歌德的貴婦密友，她與世無爭的淡泊態度深深影響歌德的創作。

「我的優點逐漸變大，我的美德卻日益減少。」

以這句簡潔、可怕的話概括了人性的生成和變化。相較於這令人戰慄的臨床報告，一個人的思想有幾次更迭，又有什麼意義呢？

從林開始寫第一篇作品時，他的內在之眼就已看透了自身的宿命，但他在言行舉止上仍不斷反抗，「堅信」某種路線。與其說這是林和政治的鬥爭，不如視之為他自身一齣性格色彩濃烈的戲劇，來得更為貼切。

如此可預見兩種相反的類型，林幾乎以與生俱來、不自覺的敏銳，在作品創作過程中，出現如鋸齒般持續拉扯的和諧與分歧。從初期的俐落傑作〈昭和獻木綺談〉（昭和献木綺談）中的共產主義思想，以至戰後反常之作〈結婚的幸福〉（結婚の幸福，一九四七年）的幸福思想，當我聲稱思想價值一律相等之際，又忍不住受誘惑，想借助其傳記作者的角度如此評論：戰後的林房雄，在其個人生活的幸福觀裡，還留有濃厚共產主義的殘影，這也是他看待幸福的思想如此不安、驚險，和形諸於外的文體相反，化為了如革命般令人恐懼之物。不過仔細閱讀初期作品〈獄中記〉後，我脫離了前述的誘惑重獲自由。之後，我的興趣移轉到他內心無意識的揣想，和對外明快決斷的預測，以及環繞於藝術創作上不斷引發的悲劇性糾葛。

因此，我看到了一個甘心被誤解，拚命當一個大眾厭惡之人，最拙劣、也是最認真利用通俗性，最後卻放棄向人們表達自己的真心，如今一口氣想把在政治上發現的虛妄作為藝術核心，實際上仍躊躇不決的悲劇性作家的姿態。作家周圍群聚著日本近代史上所有的魑魅魍魎，陳列著歷代知識分子中頂尖人物最不願被看穿的赤裸裸的願望；與此同時，這裡也搖曳著興起後消亡、沉寂後再起，各時代青年心中最毫無矯飾的純淨之夢。

林房雄在這意義上，成為極具象徵性意義的作家。我雖在其作品中讀到了各種象徵，不過世人追捧的仍是那心繫自己獨一無二特質的作家。

初期作品

一

昭和五年（一九三〇年）由改造社發行的《新選林房雄集》，為「新選名作集」系列之一，此系列還收錄從森鷗外、夏目漱石以至池谷信三郎、三宅安子等作家的作品。這本書發行於九月，而林房雄早在當年七月就因京大事件遭最高法院定讞入獄。

這部作品集良莠不齊，有好幾篇非常優秀的短篇小說，也有具質樸單純之美卻缺乏藝術價值的作品。

在讀了其他普羅文學作家的作品集之後，會感覺林在此時期作品的題材缺乏衝擊力，卻有利於讀者窺得以羅馬式巨大輪廓為基礎而生的時代浪潮。其中的珠玉短篇作頗富知性，質樸而不成熟的短篇則予人童話般的氛圍。

我在這些作品中，看到了陷在混沌現實中的青澀知性，當獲得清楚、有效、能解釋世界的關鍵鑰匙時所感到的喜悅和自豪。當中有些作品中具有功利性的雙重意義：有基於社會主義目的的功利性；也有寫小說的青年為了藝術目的，而將現實結構單純化的藝術上的功利性。由於前者的功利性氣勢堂皇且公正無私，也導致後者的功利性有意識地被覆蓋了。

單純且明快，而且從任何角度都能直視故事的本質性結構，捨去各種變化的基本故事形式，這就是時代和社會主義提供給林房雄的素材。林以其感受之敏銳，展現了毫不猶豫將二者結合的才能。林的憎惡和憤怒自然形成了醜陋的資本家姿態，而他的愛和自卑則很輕易地成為民眾的樣貌。於是，這些作品誕生了。

現代社會並不會提供這麼清晰的輪廓模式和故事型態，而一九二〇年作為抵抗形式的「從眾」（conformity），到了一九六〇年卻淪為敵人的武器。不過無論哪個時代，年輕人寫小說的首要煩惱即是，身處混沌自我與他人的現實前方，是否能發現小說的形式、亦即基本的故事架構？林是在未發現之前就接收到了。就在這個時刻，他的才能與思想展開了奇妙的結合。

林房雄的才能，在獄中不可思議地表露在自身的言詞上。

昭和二年（一九二七年）出版的〈鐵窗之花〉（鉄窓の花）中幾行並不突出的敘述，

不就已預見了〈獄中記〉（一九三〇年）的母題了嗎？

「我很幸運，有一個理解兒子中心思想的母親。不過在這三十八位同志當中，又有幾人能擁有這田園情調般的骨肉之情呢？對社會主義者而言，耽溺於骨肉之情等同耽溺於過去。其可悲是必然的。」

林面對自己和世界截然對立的感情，飽嚐被世界孤立的滋味。但他的心中有北九州的自然之美，以及如詩般和自然融為一體的幼年時光，那根深柢固的深遠情感，幫他對抗著極度的孤獨感。那麼監獄是否也帶給他孤獨感呢？與其說監獄是最不適合品嘗孤獨的場域，倒不如說監獄終究讓他回歸自然，重返其才能孕育之地。

我將林房雄的早期作品通篇讀過之後，忍不住感嘆這個純真又具感受性的才能，透過、不，僅頑固地透過思想賦予的基本故事形式，表現出不知道絕對孤立的「和世界的親密感」的姿態。這就是以功利性為主的才能，功利性地利用此形式所得到的報應；這同時也是林在本質上的傾向，也就是企圖分離思想和告白的獨創性表現手法。進一步來說，林這樣的獨創性手法，能在思想將墮入世俗化的交界處，阻止其發生。

我試著翻閱改造社圓本[7]的《普羅文學集》，這是雜亂收錄從私小說到前衛派各種文學形式作品的一種嘗試，在這當中最被輕蔑的話題就是「告白」。儘管日後的思想轉向讓他痛切想起這道擱置的題目，不過我的想法是，當時社會主義作為一種共通主題，是一種受禁制的思想，就這點看來，若想對讀者傳達訊息，不就只能以「告白」來代替了嗎？僅僅為了保有遭禁制的祕密思想，逃避告白的奇妙機制，以林的才能已預見了這一切。在這個機制裡，才能不算什麼，甚至如遊戲般來傳達更好。

對年輕人來說，整頓並簡單化外界的混亂狀態，等同於整頓並簡單化自己內心的迷惘，這是具同等價值的流程，不過兩者往往會被混淆，連自己都無法辨別。這兩者幾乎具有同等意義，年輕人的自我分析往往帶有奇特卻執拗的道德感，這種自我分析也會

7 昭和初期，每本的定價都是一日圓的全集讀物，一九二六年由改造社出版的《現代日本文學全集》為圓本的濫觴，發售後十分暢銷，在當時文化圈掀起話題，蔚為一時流行。

影響他們社會道德的形成。因此，有時社會思想會被告白所取代，有時告白會被社會思想所取代，這種取代的天平究竟會往哪一方傾斜呢？關鍵還是由看不見的「時代」所決定。林房雄的「時代」很清楚地朝思想的方向傾斜。

後來，飽受世人責難和負評的林房雄，他在「思想的變節」上，從一端急遽朝另一端倒去，毫無隱瞞與自省如狂奔般的趨勢，看似少了一道安全閥阻擋，然而那安全閥又是什麼呢？這也是每個人會立刻湧現的疑問。

我雖想在其初期作品中探究這個疑問，但可能如前所述，林在一開始就以簡潔明瞭的方式，全面直視涵納在時代下的本質性問題。不過他生來就不相信自己具備「與生俱來的」洞察力或預感等才能，因此他竭盡全力去相信自己想相信的事物。林為了感染病菌而走入病菌森林，卻因其精神上強大的免疫力無法如願，於是逐漸走入森林深處，最後來到人跡杳然的荒寂之地。

究竟，那道能阻擋他的安全閥是什麼呢？我認為只要列舉出林所欠缺的特質就足夠了。也就是第一：只要相信洞察力和預感，其他一概不信。如此一來，所有的時代和思想頓時變得無聊至極，毫無深究的必要；第二、絕對不要試圖考驗自己。……成功使用這道安全閥並持續創作的作家，又豈止兩、三人而已。

二

初期作品中，處女作〈蘋果〉（林檎）、〈沒有畫的繪本〉（絵のない絵本），還是〈新伊索寓言〉（新いそつぷ物語），它們的共通點就是出身鄉下單純而聰明的年輕人，說起話來有點土氣，開朗卻過於熱情，這也稍微平衡了〈新伊索寓言〉裡微微透出的尖酸感；但是以〈公園的密會〉為例，原本應是光怪陸離的陰森小說，卻成為格外開朗又過於明快的短篇作。這些作品的失敗原因就在過於明快，這類失敗在其他普羅文學作家中倒是很罕見。

然而，像〈N監獄署懲罰日記〉這樣優秀的短篇小說，在明快的主題背後有著奇妙的冷淡和浪漫主義近乎無意識地特殊結合。

故事大致是「我」的伯父把世界主義[8]中「充滿憧憬的懷疑者之心」視為「金礦般」隱藏在內心深處，任職監獄署的他原本再過兩、三年就能領到退休金，卻突然返鄉設立小農合作社。接著以「我」日後在伯父日記中找出他突然改變念頭的契機展開敘事，和後段監獄的陰鬱殘酷比起來，開頭就將農民運動的發起地，即伯父故鄉的美麗風光，做出明亮的理想性描寫。

伯父最初是一名嚴酷的獄警，然而當隱藏心底的金礦再度閃耀起光芒，他開始抱著一種輕鬆的態度，認為罪囚們的犯行都只是「小事、小事」，最終達到罪囚受懲罰不過是因為他們所有的心境：

「只有出於人性的行為，而沒有囚犯的行為。」

當他將目光轉向監獄之外，發現現實社會盡是「如囚犯般行動」求生存的人們，「我」因此推測這可能是讓伯父突然轉變的原因吧！

這完完全全是一篇出色的短篇小說。儘管並未成為林房雄傑出短篇作中具知性特質的例外之作，不過今日讀來發現兩個疑點，我認為這也是後來限制其創作的原因：

其一，獄警心中浮現所謂「沒有囚犯的行為」的想法，與其說是寬容，不如稱之為冷靜透徹的理解更為妥當。為何這個冷靜透徹的理解會引發他的行動？又為何是農民運動？作家在其間只以精神意志的大幅飛越做出說明。

其二，年輕時曾漂泊流浪的伯父心中正如前所述「所有世界主義者肯定不願接受任何束縛，充滿憧憬的懷疑者之心如金礦般深深埋藏著」，無庸置疑這就是促成而後精神意志大幅飛躍的原因。而作家所謂「充滿憧憬的懷疑者之心」一詞，刻意把隸屬浪漫主義概念的憧憬和理性主義的懷疑放在一起，又是另一個疑點。

這兩個疑點，無論林本身知道與否，早在作品創作之初就已安裝上定時炸彈了。

雖然作為懷疑者的伯父先讓「我」達到冷靜透徹的理解，而接下來帶領「我」理解的同樣也來自懷疑，頓時「我」的心充滿了憧憬，有如鳥兒振翅般展開精神意志的飛躍，飛向了農民運動。讀到此處，各位不覺得是一篇令人不舒服的故事嗎？當然，世間有一種不容分說的力量，是在轉瞬間驅使人們踏上一條未曾想像的道路的魔性之力。可

8 cosmopolitanism，是相對於民族主義的一種政治意識形態，要求民族間的和平與相互理解，著重於建立「世界國家」的信念。

是林所說的並不是這些，而是一種必然性的飛躍。硬要說的話，就是思想的飛躍。

林似乎也說過，懷疑逐漸發揮力量，達到極度冷靜透徹理解的瞬間，長久以來潛藏的憧憬也被點燃火焰，如火箭噴發，朝天空射出。然而，正確的理解、痛苦的理解都已拋開，此後所謂正確的方向，惟由「美麗的流浪者」的憧憬來決定。

我認為這是對於思想的「正當性」稍嫌敷衍的態度，而如此不也是將行動的原理和思想的原理做出過於牽強的連結嗎？林還差一點就找到了藝術家才有的某種「戲劇性的冷淡」，如果真被他找到的話，他恐怕就會失去對無產階級（proletariat）的同情，這部小說也會失去它原有的的清晰感。而令人難以置信的是，因憧憬之心獲得救贖的伯父，卻未在日後獲得救贖，作家就這麼將伯父關進了美麗的桃花源——

「夕暮時分，霧籠上水田，被霧沾濕的夏日月見草，點起了羅馬式蠟燭。」

初期作品中的優秀短篇有〈古典式書信〉（古典的な手紙）、〈R看守部長的寬容〉（R看守部長の寛大）、〈昭和獻木綺談〉等作，尤其〈基輔大劇場的暗殺〉（キエフ大劇場の暗殺）

等都是理性又冷淡的作品，文體精煉，有的作品甚至令人想起梅里美[9]。由此亦可窺見匯入普羅文學史那些大正時代藝術性短篇小說的傳統。

〈R看守部長的寬容〉是一部巧妙的諷刺作。在年老的看守部長和年輕思想犯眼中，獄中盛開的朝顏如抒情詩般撫慰人心，然而在他們發現抒情本身不過是政治上的騙術時，老看守部長感到灰心，年輕思想犯湧現憤怒，最終那抒情詩、也就是朝顏的蔓莖從獄窗間被撕裂而死亡。於此，日本浪漫派的諷喻抱著惡意生存下去[10]。

老看守部長生性善良，聽從上司的命令，把朝顏蔓莖放在頑強不招供的待審囚犯的獄窗後。老看守部長很單純地視為一種「武士的溫情」，還期待朝顏早日開花；年輕囚犯也感受到這股「溫情」，直到有天從老看守部長口中得知是主任檢察官所示意，年輕囚犯瞬間被激怒，揭開了這所謂抒情詩的圈套。在這部短短的作品中，未登場的主任檢察官、善良的老看守部長、聰敏的年輕思想犯，還有朝顏的蔓莖，各自扮演著明確的角

9 Prosper Mérimée，一八〇三～一八七〇，法國現實主義作家，代表作有《卡門》等。
10 日本普羅文學運動崩壞後，浪漫派思潮於一九三〇年代後半興起，三島由紀夫於早年創作《假面的告白》時期也受其影響。

色，實在很精采。這就是我前面說到，在活用基本故事結構中很成功的案例之一。

主任檢察官以政治權力和管理階級等看不見的手段進行控制，連毫不起眼的朝顏蔓莖也受波及，毒害人心之精妙幾近上帝。老看守部長是一名盲信長官的屬下，也是一名善良平庸的市民，可謂監獄外「尚未覺醒」社會的代表；年輕囚犯是一名清高且富崇高理念的革命家，在孤立中覺悟，卻在幾乎未察覺的抒情中落入圈套。他不僅僅針對權力階級，對自身也抱著激烈的憤怒。那麼朝顏呢？那正是無辜慘遭殺戮的抒情詩。

在此，我看到了和中野重治[11]所謂「我已不再歌詠馬蓼花之詩」詩句，成就出同樣題材的小說結晶。

然而要取代決心「不再歌詠」的詩人，小說家於此給出了客觀的故事。而這就是年輕囚犯的羞恥及自尊的故事？還是遭無辜殺害的朝顏的故事？年輕囚犯的憤怒，真的來自政治覺醒的憤怒？還是被自己心中深切的抒情背叛的憤怒？作家可能為了維持短篇小說的骨架，而放棄這種徘徊在歧路上的心理探求。

「你應該對檢察官抗議，不要利用他人的弱點。與其耍這些小動作，為何不公然拷問呢？」

這是英雄式的吶喊，卻缺乏某種不容分說的力量。

三

〈古典的書信〉是一篇傑出而引人悲憫的諷刺之作。從故事開展到結局，巧妙地在交錯的男女書信中，描寫從神戶飛到香港，滴下被革命衝昏頭的熱血，最後在尖銳的鳥鳴聲中告終。

六名越南青年都是恐怖分子，計畫狙擊偶然間訪日的越南總理德博夫隆將軍。青年們日本好友的妹妹，愛慕著其中一名青年。但是這名青年為追殺將軍飛往香港，後因行

11 一九〇二～一九七九，日本詩人、小說家、評論家，別號日下部鐵，為日本普羅文學運動主要代表人物。

動失敗而被殺害，再也無法寫信給那名愛慕他的女孩。

明治四十幾年的春天，法國透過日本政府下令把在日越南人盡數驅逐出境時，六名越南青年在和日本友人的告別宴席上，一個接一個寫下了「憤怒」二字。

這部短篇和戰後〈四個文字〉（四つの文字）所抱持的深刻絕望，不可思議地相互對應。〈古典的書信〉中朝氣蓬勃、純潔、如火焰般的「憤怒」二字，和〈四個文字〉中令人害怕、或說是虛無本身的暗號，彷彿和死灰般「學我者死」[12]四字遙相呼應。前者的背景是法國殖民地越南，後者則是日本占領下的南京。如亞洲火焰樹般美麗的青春以及如亞洲無底深井般的虛無，相隔二十年，我們在同一位作家中，看到這宛如一對座像般相視而立的可怕場景。

被亞洲噴發的火焰燒炙的傷口，和亞洲那陳年醜陋的瘡痂，流血後痊癒、痊癒後又流血，這種令人不適的大陸生理現象，宿命般地魅惑、影響著林房雄。這是林的詩和虛無主義的主調，與其稱之為政治本身，或許更應該說是現代ＡＡ（亞洲和非洲）諸國也瀰漫的訴諸情感面的政治主義，這種說法更接近。

還有一首詩，就是〈R看守部長的寬容〉中朝顏蔓莖的詩，那是受政治權力利用，也是成為權力圈套的一首柔弱而孤立的抒情詩。林以年輕且具崇高信念的囚犯，表達了拒絕這種詩的意志。這麼做是妥當的。然而比這首詩更重要的政治詩，是那首形塑現實變革形象的悲劇性英雄詩；在〈古典的書信〉中的詩，其實是只能在遙遠的大陸、或久遠的明治維新才能實現的詩。因此，訴諸情感的政治主義和如童話般的理想主義，若不論必定有一個與之相對應的現實，而林在年輕時所認知到的現實，其實不過只是自己在內心創造出來的現實而已。以一九二九年華爾街股票暴跌為開端的世界恐慌時期，儘管是見證蘇維埃輝煌正當性的時代，卻也是革命的浪漫主義澈底終結的時代。林房雄初期作品的共通點，就是沉浸在政治似與藝術同調這樣的夢裡。事實上政治「詩」的出現，就是在夢想中逐漸開創現實的證明；然而林在年輕時參與的政治活動早已失去了這種理

12 出處應來自中國水墨大師齊白石的名言：「學我者生，似我者死。」即指凡是學習、研究和借鑒他人的創見，從而實踐自身藝術特質，其藝術之樹將會常青；而只是盲目模仿或複製他人創作，必會在藝術上走向死路。

想主義，於是在沉默中說明一切。

我感興趣的是，當時的林房雄既擁有如此本質，又不帶政治色彩，到底有何種程度的自覺呢？我認為所謂思想鎮壓是相當諷刺的政策，鎮壓的結果雖保障了理想，卻也同時阻礙了遭捨棄部分的自覺。實際上，林在寫小說時已具有故事結構的基本方法論，雖能將現實和世界解釋自如，可是這種能力反而妨礙他去面對日本的現實，加上他心中創造的現實已浸蝕其政治觀，所以這到底是左翼政治運動家的喜劇？還是藝術家的悲劇？是難以一概而論的問題。因此他在思想轉向後，終於把自己創造的非現實看作誇大妄想的日本，並短暫地與自己的理想貼合，這就是遠因。那是在革命詩和虛無主義之間，持續不安且浮動的夢。林房雄在這個「民族大夢」之外，雖已失去了接觸現實的道路，卻也令人意外地以藝術家身分，成為歷史小說〈青年〉異樣鮮明且相對於歷史的現代性力量。

〈獄中記〉和〈勤皇之心〉

一

〈青年〉最初以單行本發行，那是在昭和九年（一九三四年）的春天（角川文庫版，龜井勝一郎[13]解說）。〈獄中記〉第一部是林房雄二十八到三十歲的昭和五至七年間，在豐多摩監獄所寫，其中昭和六年五月十七日的第十封信，引用如下記述：

「我已構思了以〈青年〉為題的大作。這確實是大作。若能順利完成，我期待能不輸給島崎藤村的〈黎明之前〉（夜明け前）。完成〈青年〉之後，接下來當然要發展成〈壯年〉、〈老年〉三部曲之作。來這裡之後，雖然有各種煩惱，能想到的盡是按自己既

13 一九〇七～一九六六，活躍於昭和時期的日本文藝評論家、日本藝術院會員。曾提出「將普羅文學和資產階級文學的區分予以撤除也無所謂」的主張，在普羅文學運動崩解後，創刊《日本浪漫派》、《文學界》等雜誌，與太宰治、林房雄等作家多有往來。

往路線所寫的小說，實在令人氣餒。因而對於曾和小林君、德永君兩人競爭發表傑作一事膽怯到想放棄，不過〈青年〉的構想浮現時，立刻又精神百倍。——好！應該停止宣傳了。因為有句諺語叫『未下蛋卻啼叫不已的雞絕對下不了半顆蛋』。」

〈獄中記〉第二部是他在三十二至三十三歲的昭和九、十年（一九三四、三五年）於靜岡監獄裡所寫。

〈勤皇之心〉（勤皇の心）則在多年後的昭和十八年出版，因其序文有「希望讀者將此視為〈獄中記〉續篇」，所以我把兩者放在一起討論。順帶一提，〈勤皇之心〉是作家獻給影山正治[14]的作品。

〈獄中記〉的跋寫道：

「書中的動搖和混亂，在第一部中尤其嚴重。身處單人牢房仍感到虛榮和微小的野心。細心寫下讀書目錄，刻意以詼諧的筆法寫作——一切盡是二十八到三十歲這段不成熟時期虛榮和感傷的展現。

例如，第二十封信『轉向論』充分顯現了思想的不成熟和精神上的脆弱；看起來的『非轉向論』，其實卻是轉向的第一步。所謂人心竟是如此微妙，這可能就是我和馬克思主義分道揚鑣之始。」

這明快又坦率的反省有如林房雄其人。

二

「雨停了，終於是八月的天氣了。我從窗中看到晴朗的天空和白雲。」

這就是〈獄中記〉的第一行！而且是以林房雄一貫的母題「晴朗的天空和白雲」開場。

14 一九一〇～一九七九，日本右翼思想家、歌人。其民族主義思想受日本浪漫派影響，後因參與暗殺首相事件入獄，曾創辦歌會、雜誌、出版社等。

〈獄中記〉原是懷抱改革理想的主人公，不知不覺在夢境中看見了現實，像這般從矛盾狀況中清醒的紀錄。夢醒後走入的是現實，還是更深的夢境？〈獄中記〉第一部中幾乎沒有任何說明。

若想透過最早的轉向者林房雄那乍看是「轉向之書」的書信集，來探究所謂轉向的意義，恐怕只是徒勞。

這本書最能顯現林的資質，因為它是在嚴厲審查及考慮家族立場的侷限下，離告白最遠的一本書。甚至連隱喻或借喻都遭禁止。書中唯一被容忍的，連感想都談不上，不過就是以傳達（communication）喜悅本身來取代各種心情罷了。

話雖如此，我在讀完〈獄中記〉第一部的感想卻是，這般善良、不沾染世間俗氣，努力又勤奮學習的年輕人，為何非得在獄中呻吟不可？這裡有股令人費解的不協調感。而僅僅出現在第一部的林房雄，就這樣讓我們別無選擇，只能相信這般無可挑剔的優秀青年是無辜的。

由此可讀出〈獄中記〉中很不尋常的特質。林在初期作品中使用分離思想和告白的獨創手法，卻在〈獄中記〉反向而行，首度用了不帶告白而固守思想的陳舊手法。林在這隱蔽的技巧下，看來就只是在輕鬆抒發「安全的感想」而已。即使沒讀過他的後記也看得出來，第一部很顯然就是「偽裝」的文體。可以感受到林希望收信人看到的是一個明朗快活、幽默且樂觀的青年形象，而非真正的自己——一個傷痕累累、不幸又孤獨的青年形象，並逐漸沉浸在自我滿足中孤獨前行。為何會如此？因為林對於成為自己理想中青年的期待過於強烈，隨著那如公式般的宿命，他必須成為自己理想中的樣貌。如此回顧起來，那強烈期待的本質下，就是寬厚又溫柔的家族情感。對年輕的林房雄而言，一直以來思想就是自己的本質，而對待妻子、母親和姑母的態度，則是最符合獄中書信的「安全的感想」。不過這種狀況慢慢出現了轉變，他開始相信這種情感的重要和真實性。也正因如此，無論從何種角度來看，這絕不是「思想」。

不過林的人格特質，至此又出現了獨特的轉變。即這些情感在毫不矯飾的直覺下被合理化，林卻無法就此完全接受。他雖然期待妻子去舞廳，一旦妻子真去了舞廳，又下意識地感到不愉快，自我檢視後又不能特意告訴妻子了（第十二封信）。林的作態及難以判定的體貼或惡意，衍生出獨特的自我認同文體。

為何會如此？林在此已做出了獨特的轉變，並且正因在內心發現了重要且不造作的情感（顯然絕對不是思想），才有了指向思想的精神活動，即他在抽象性熱情上的唯一象徵、取代和替身。在此告白才成立。正是這樣的抽象性熱情，讓林房雄對於告白永遠樂此不疲。

讀者不由得感到〈獄中記〉中善良無辜的年輕人形象，和作家本人形象完全合為一致，就在此時，林確實相信自己是無辜的。儘管他確實懷抱著指向思想的抽象性熱情，卻始終認為怎會因為沒有「思想」而遭受處罰的道理？

我彷彿聽見了〈獄中記〉第一部中不絕於耳的吶喊：

「我對妻子、母親、姑母所抱持的美好感情，怎會是危險的思想呢？如果這樣就要處罰，那就處罰好了！

『如果花開了，請大家去賞花，把詳細情形講給我聽。我也想感受自己去賞花的氣氛。』（第七封信）

這樣的信，怎會是危險的思想呢？」

——林房雄〈獄中記〉第一部是有關他轉向的獨特臨床紀錄，這部紀錄帶給時代和知識分子的重要意義，是在被思想一致性（conformity）隔離的世人眼中，轉向完全屬於個人特質和內在體驗、一種毫無遮掩的坦誠。轉向毋寧說是文學層次的議題，在第二部中以更深奧卻容易理解的形式做出說明。

不過如前所述，〈獄中記〉中並不存在本質上的孤獨。林與世界的親近感，始終不間斷地持續下去。

「我們在這裡（監獄的庭院）的每一天，都可以感受到新鮮的空氣、和煦的光線，以及滿滿的陽光。」（第一封信）

在獄中過了半年之後，林平靜地寫道：

「最近我才感覺到監獄外似乎是個好地方。」（第五封信）

毋寧說至今半年間，隨處可見許多慘不忍睹且造作的詼諧筆觸，如前所述，當他如此書寫時，表示他已從某種狀態中痊癒了。

所謂轉向究竟是什麼？這是不由讀者分說而必須面對的問題。第十四封信中有這樣的記述：

「……我在監獄比起在外面時不知認真多少倍，也更加倍反省自己，對自己在生活中的要求嚴謹到令人吃驚。我憶起貧窮時歷歷在目到幾乎要流淚，對於在貧窮中受苦的人，為社會不公義犧牲的人，我又重新燃起熱情。我懷抱著全新的情感想起父親，覺得自己必須更體貼地對待母親和姑媽。我想自己至今對貧窮者所懷抱的熱血和同情，還不足以當一名真正的社會主義者。」

同樣地，林在三個月前所寫的第八封信中，為了來看他的母親換髮型而唉聲嘆氣，因為那破壞了養育他三十年、令人懷念的母親形象，彷彿連母親本身也遭破壞般如此敘述道：

「這雖是一種保守的感情，但是這種保守主義不值得認可嗎？」

更進一步地，他在第十八封信表明了所謂「誠然驚人的思想」：

「我要說明過去十四個月來的思索中最重要的兩個成果：

1 人們自盤古開天以來，並沒有太大變化。從此以後也不會有太大變化。

2 人們當中有傻子，也有機靈的人。」

原本在牢獄生活中浮現腦中的所思所想，就未必具有理論上的關聯性。不過，對於王爾德[15]《獄中記》中悲憫思想光芒深信不疑的人，必定會認同林在抵抗的同時，仍一

15 Oscar Wilde，一八五四～一九〇〇，愛爾蘭作家、詩人、劇作家，以《格雷的畫像》、《快樂王子》等作著稱，後因同性戀情入獄，寫下《獄中記》一書。

步步朝著至今危害自身立足點的地方走去。

起初認為把自己不造作的情感收納到保守主義抽屜才安心的人（第八封信），逐漸要求起情感和思想的一致（第十四封信），最後終於冷靜透徹地認識到那樣的情感和思想並無任何關聯（回想〈N監獄署懲罰日記〉）（第十八封信）。林房雄年輕時期的獄中生活，都可從初期作品中預想得到。獲得了如此冷靜透徹的認識後又拋下，林再一次受到漫無方向的憧憬和夢想所引誘。

就此意義上，林的轉向實際上相當獨特，而且不只是理論。也就是說，他只挑選並保留內心美麗純粹的心情（因為那不是思想，所以能夠安全地挑選並保留下來）；留給政府當局的僅僅是徒具形骸的思想外衣，而情感早已翱翔遠遊。而且他把自己行動原則下的抽象性熱情，巧妙地藏進可以帶走的情感中。……這種轉向，絕非源於道德善惡的問題，也不是觸及心智自由和堅持思想的意志之間難以解決的矛盾。問題是，很多知識分子在面對轉向的煩惱上，只堅守馬克思主義就真能徹底展現心智的自由嗎？當中有多少人以自身優秀的心智，察覺了馬克思主義之外能保障心智自由的領域，卻處在馬克思主義以外所有面向都須經當局容許且箝制的情況。實際上，所謂被當局容許的心智自由，就是心智自由中最惡質的型態。

我認為林的獨特之處，在於他轉向時並未陷入這種進退兩難的困境，也未曾因心智自由的矛盾而苦惱。他的轉向，並非其他知識分子曾經歷的道路。我確信林無意間預見了，在他夢想的革命現實崩壞之後，日本的現實開始模仿起他夢中那異樣、非現實的時代；他曾經夢想不存在的現實，此刻現實本身卻朝那夢中的現實走去而形成扭曲的樣貌，他無疑看到了如此的時代。曾透過夢想的現實，在不知不覺中擺脫馬克思主義的林房雄，此刻惟透過夢想的現實，才能適應日本的現實，除此之外別無他法。作家異常敏感的直覺，彷彿已然看透，一名轉向者絕對不可能獲得的心智自由。

三

〈獄中記〉第二部的分量只有第一部的四分之一，卻遠比第一部更具文學性。作家自身也以明顯地成長而登場。「之前大大地神聖化，這次大大地世俗化。」（第四封信），於是我們看到林更開朗的模樣，這是一度陷入絕望的人才有的開朗，也看不到第一部前半那種造作的詼諧陰影。

話雖如此，我到第二部才讀到了這般富深度美的文章：

「今天正好滿三個月，三個月來，我才真正嚐出所謂監獄的滋味。從監獄外婆娑世界帶來的雜念和欲望，如今好像從肉體上被拔除。我想參禪或閉關不也是要到第三個月才能領悟其滋味嗎？我感到身上的世俗氣已消失殆盡，心境如冬日晴空般清澈。澄淨的天色不久後因陰翳轉成銀色，從陰翳的天空灑下幾乎看不見的銀色粉末，落在內心深處積存起來。每天落下每天積存。這種銀色粉末極為貴重。有時是對知識加以反省而生的智慧之粉；有時是壓抑自身憤怒得來的滌淨後的批判精神。那是極度稀罕，卻無法以知識或思想等常識性簡單用語來表現的珍貴之物。（中略）粉雪積了又積，心境成了一片遼闊的銀白雪原，在意想不到時，雪原上冒出一朵雪割草之花。」（第三封信）

林房雄在獄中屈指回顧過去的歲月，昭和元年（一九二六年）以來，穿著大學服、戴著大學帽從校園被押往京都，今年剛好滿十年。這十年一直是待審的囚犯，從看守所到監獄的最初四年，曾拘留在十五、六處的警察署，審判十餘次，關押過京都、市谷、豐多摩、千葉、靜岡等五所監獄；其他六年雖保釋在外，回顧起自己竟有寫小說的閒暇時，萬分感慨之餘寫下了前述的美麗文章。

林房雄被視為日本《治安維持法》[16]的首名犧牲者，第一次入監時才二十四歲，仍是悲憤且情感異常熾烈的年紀；第二次入監時留下了詩作，那時已是兩個孩子的父親；第三次的獄中生活頗有恬靜深思的心境，那麼就來做個比較。

「也許白日間少做夢，夜晚會做很多夢。」

事實上，第二部雖然沒有太多值得評論之處，作家卻不可思議地整理出大量有條理

16 一九二五年施行，目的在取締以反對日本天皇、私有財產制度的意識形態人民運動，在日本共產主義革命運動高漲時起了一定的抑制效果。

的每個夜晚的夢境紀錄。

不過在〈獄中記〉第二部中，白天果真很少做夢嗎？非常值得懷疑。和第一部裡如自虐般讀了大量書籍的情況相反；第二部已進入成熟期的小說家，開始按自己的小說理論系統性汰選相關書籍，書信中可見以日本浪漫派運動的開創為主，充分展現活力洋溢的文學野心。另一方面還有林對獨特人生的荒誕夢想，例如想把兒子培養成小說家，或說要以三代累積的教養孕育一位大藝術家等等，這種異想天開的期待也不少。

不過，林房雄內心有「銀色粉末」持續落下並積累也是事實。這銀色粉末不僅僅在獄中落下，在他往後的一生中，每天灑落層積的銀色粉末，愈發負起奇特的意義。那不只是「珍貴」之粉，自然也不只是智慧或批判精神之粉。

多年後，當單人牢房成為他記憶中無法逃離的象徵時，「銀色粉末」也超越了當初道德的清淨，成為人們生長的神祕而自由的悖論性結構，以及所謂自身經驗這難以信賴的準則還有……這全部成為難以言說、日積月累的結晶。「學我者死」這可怕的四個字，也許在難以預測的命運輪轉下，成為陰翳天空下銀色粉末積累的字。

無論如何，我確信第一次感受到銀色粉末落下來時，在林的心裡，應該有某種形式開始瓦解了。從文學來看，則應是原先如此明確、難以撼動地支撐他初期作品的基本結構開始瓦解。他必定察覺到個人在社會中所扮演角色的皮相，猶如地上深深淺淺被雪覆蓋的坑洞，在銀色粉末下呈現毫無二致的平坦樣貌。此時，歷史和宿命取代人的角色登場，然而歷史和宿命的坑洞也被紛紛落下的銀色粉末覆蓋，還能再抵抗到何種程度？

這粉末似乎具有奇妙的雙重作用。也就是說，當飄落在林的內心時，是一種累積、變形，甚至是生成的力量；飄落在他的外部時，卻成為一望無際、失去所有戲劇性對立結構的單調風景。

青年獲得清理外部混亂並簡單化的鑰匙，因而可免於整頓煩瑣的內心。但是到了三十三歲，察覺內心的微妙變化時，面向這般荒涼的雪景，若只說是內心和外部達成和諧的時機到來仍稍嫌不足，一定還發生了其他的事。林以直覺洞悉了此事。

儘管如此，林以與生俱來的個人特質發出了命令：懷抱夢想！吹響號角！於此〈獄中記〉第二部出現了騷動的氛圍。

四

我們從〈勤皇之心〉中收錄的〈關於轉向〉裡，才接觸到林房雄真正的告白。這裡具備所有可以讓他告白的條件，他的告白並非思想，而是難以掌握的情感，以及想成為思想的心智作用和抽象性熱情。這種熱情敢於力行且毫不留情地批評，這就是所謂「轉向者」最出色的自畫像。

即便如此，他在〈獄中記〉那般痛切的經歷中，終究只抓住了告白的頭緒就不了了之，直到〈關於轉向〉的客觀記述和批評性文體中，才做到了完整的告白，真是很有趣的文學諷刺。

像他這樣炫耀世人對他誤解的誇張舉止，向處處為難他的世人復仇，卻只是被貼上更多標籤，而他非但不努力去消除誤解，反而擺出了更為誇張的姿態，當中所衍生的傳言因果脈絡複雜，令人難以解讀。

林從極左轉向極右，從十年鐵窗的青春歲月，倒戈轉向殘酷的政治權力？……對他來說只是脫離一種思想，像睡覺翻身一樣將情感轉向另一側嗎？不久之後，他發現這種情感所具有的野蠻力量時，早已沉溺其中再也無法回頭。〈關於轉向〉的背後，暗喻著轉向後知識分子的競爭那令人悲傷的誠實。在所有人都可疑的情況下，為了證明自己的清白，不得不去傷害別人。〈關於轉向〉中有著世上美好又誠實的文章；也有著為了證明誠實的地獄景象，意味著世間必然是非常醜惡的文章。轉向者自身揭露轉向的內情，對所有轉向者來說，等同暴露自身最羞恥的一面，這是任何知所分寸者不會做出的行為。林將轉向者視為獨特人種所展開的描寫和分析，確實相當符合實際狀況，他明確地寫下歷經思想上挫折對人性產生的悲慘影響，為一罕見之作。

不過，〈關於轉向〉既非為了闡明思想，也非描述心理的作品。它僅僅是林在獄中發現的情感，而惟有情感的誠實才能被計量。

當林委婉地譴責在築地小劇場走廊掛上土方與志[17]肖像時，他所主張的不過是情感與誠實而已，此事請各位務必理解。現今的讀者也許會將那種肖像掛法，美化為戰爭

17 一八九八～一九五九，日本戲劇導演、共產黨員，曾以築地小劇場為據點發起新劇運動。

下的抵抗表現；可是林譴責的在於所謂轉向者的抵抗，及當中面對無法開口的情感的不誠實。由於這已無涉於思想層面問題，他才能如此流暢明快地大肆發言。〈關於轉向〉將轉向者內心的墮落，令人不快地鮮明呈現，「右為絕望，左為泥沼，真是心靈的地獄」。林也在書中揭露參加新體制運動[18]中「喜孜孜」的轉向者們，正是這種墮落的最佳典型。

這部作品作為〈獄中記〉的續篇，成功表達了〈獄中記〉欠缺的告白和批評，同時也有和〈獄中記〉的共通點，即作家誠實自省、誠實告白的態度，這樣的身影也讓人再度想起〈獄中記〉第一部中純潔又脆弱的青年，他們同在那條延伸的直線上。在這部極度誠實的告白中也窺見了某種姿態，還有試圖相信某些事物的努力，由於他在〈關於轉向〉中的「反省」，讓一切成了過渡狀態，那也算是這部作品所獲得的救贖。

「『懺悔和磕頭』沒有用。『脫離馬克思主義走向日本主義』也沒有用。必須放下一切，直接面對自己，直接面對人們，直接面對上帝。作為我一生中心智的進展，毋寧說是破滅崩壞的課題，我領悟到自己非『轉向』不可。」

我讀到這裡時，無法不感受到作家過度強調的字裡行間那股令人戰慄的氛圍。林的誠實是毋庸置疑的，但他卻在這部分過度擴大了轉向及概括其心智發展史。

林以轉向作為契機，雖那般親近情感深處，卻又企圖概括這種專屬每個人內心的課題。一開始顯然是在他敏銳的洞察下才走向情感，可是他已不再相信那最初的直覺了。這是多麼驚悚啊！林再度捨棄情感，走向思想。

若是如世人所說，林於戰爭時期成為右翼分子（事實上他是受二二六事件[19]感動，而成為大東塾[20]的特邀成員），我倒認為他真正成為右翼的時期，是他脫離思想而自我

18 中日戰爭全面爆發後，日本當局為顧及長期戰爭下的經濟體制及動員，近衛內閣在一九四〇年全面開展新體制運動，取締並解散各種政黨，並於同年成立大政翼贊會向國內推廣「一切以國家需求至上」思想，確立了戰時的一黨專政制度。

19 指日本陸軍部分「皇道派」軍官於一九三六年二月二十六日在東京發起的政變，最後政變失敗，參與成員多判死刑。此事件為日本近代史上最大叛亂行動，並為軍國主義思想崛起的關鍵事件。

20 一九三九年以影山正治為中心創辦的右翼組織，重視人品與歌道修養，二戰後有十四名成員切腹自決。

滿足於內心情感的時期。所謂右翼並非思想，純粹是情感問題。聽說有一次塾員齊聲唸祝詞，只有酩酊爛醉的林獨自高唱革命歌，塾長如此勸阻旁邊的憤怒青年：

「不要生氣。他還沒完全脫除革命思想。不過他的精神必定和塾的精神完全相通。」

此時，塾長認定存在林房雄內心的就是情感。

事實上，林為研究自己的情感寫出了〈西鄉隆盛〉，還有〈勤皇之心〉和〈維新之心〉。或許他在書寫當中，才感受到政治中的情感（emotional）面向，以及政治中的情感之詩，而那彷彿是他第一次邂逅了與自身相符的時代和對象。那時的日本正在自己的夢中。在情感深處夢想日本，從左翼的思考來看則是極端的「非歷史性」狀態，陶醉在後來被稱作精神主義的惡名、由情感而生的改革原理當中。當時林就發現了長久以來隱藏在自己心中的那首詩，而如今自然是實現的時刻。就某種意義上，這種發現是正確的。戰爭下的民族夢想和讓年輕時林房雄陶醉的事物，恐怕同樣是奠基在否定現實的熱情之上，藉由否定心智自由，恣意放縱心智情感。而林不可能未曾預見這在將來所引起的挫敗。不過由此所展開的，包括否定狂熱、全面否定誇耀純潔之人，以及幾乎是自我破壞式的否定外部和內心所有敵人……這種可說以藍天和白雲來否定地面的態度，魅惑了林的心。也許這些早晚會滅亡，或許很快就消失，然而在頃刻間思想成形，林如往常般追究到極限。不就正因這樣的否定，讓他長久懷抱的詩，再度成為互為表裡的虛無主義之母嗎？

我在讀〈維新之心〉時，讀到了一句令人戰慄的話。乍看之下是很普通且老生常談的平庸表現，卻說明了林房雄這半生一以貫之的堅持。而且從一個民族的深層心理出發，直指一九六〇年代日本看似和平下一切的苦悶與不安。這句話如下：

「所謂『維新之心』並不是非常時期之心，而是日本人的平常心。」

〈青年〉、〈壯年〉

一

一九六一年秋天，我在飛往舊金山的飛機上重讀了〈青年〉，比起第一次讀有更深的感觸。也多虧了〈青年〉如波濤般的浪漫，以及昔日青年的熾熱憧憬，方使這散文式的平凡旅程增添色彩；幻想一場毫不稀奇的赴美之旅，成為澎湃野心和夢想的生命成就。可是一回到在飛機上舒適座椅吃簡餐的乏味現實，就讓人深深詛咒起這場空中旅行。然而這只是一名膽怯文人妄想般的感觸罷了。翌年夏日，有如〈青年〉中登場人物般的年輕英雄出現了，而且他完成了獨駕帆船橫渡太平洋的夢想，令人驚嘆。年輕人堀江航海時，腦海中浮現夢幻般巨大又耀眼的目的地，那是現代的我們想擁有卻無法擁有的夢想，應該很近似〈青年〉中處在維新時代的年輕人才有的夢想。當然堀江的冒險，比起維新青年的冒險，到底只是運動層面、無需付出代價的行為。

青年的破壞力獲得有效利用，而青年本身卻不受任何勢力利用。在日本的歷史中，要說到青年的力量轉化為權力的時代，戰國時代僅有一部分，明治維新則是全面的。明治維新這樣的時代恐怕已成為空前絕後，那是年輕人的力量與教養、肉體與知性結成一體，快速建設、產生秩序的時代……是真正值得稱作「青年時代」的時代。……比起這樣的時代，我必須說二戰後十七年的歲月，是年輕人的活力最不被有效利用的時代。在這個以幻滅為起點又以另一幻滅為終點的時代裡，我因重讀〈青年〉而熱血沸騰絕非沒有道理。

不過細讀〈青年〉，會明白林在極開朗的外表下，潛伏著奇特悲觀主義的暗流。像這樣充滿激情和行動的小說很罕見，而像這樣把一切行動歸於徒勞的小說也很罕見。最後獲得勝利的，只是難以預料的所謂時代「形勢」。這部小說真正的主人公，就是高杉晉作[21]所謂的「形勢比人強」（角川文庫版下卷，二百三十一頁）的那種形勢。

---

21 一八三九～一八六七，日本幕末政治家、軍事家，長州藩尊王討幕志士，曾組織奇兵隊活躍於倒幕活動而知名。

二

在小說開頭，影射年輕的井上馨[22]的聞多以及年輕時伊藤博文[23]的俊輔，兩人以攘夷為目的留學，卻成為開國論者的典型「轉向者」隨後登場。

「正因為是極端的攘夷論者，才能成為極端的開國論者！這裡有人類可喜的祕密。」（上卷，二十一頁）

這已經把讀者帶進一種寓意中，因為作家對歷史的設定太周到正確，不，對歷史的比喻（analogy）愈是周全，反而愈容易抹去讀者內在思想的外延，僅止於讓讀者的情感鮮明浮動。林在小說出版時宣稱「我採用馬克思主義作為文學的方法」（〈關於轉向〉），但在〈青年〉中，使人陶醉的已非思想，而是「叛逆的精神」本身。

相較於初期作品，林究竟如何成長呢？他明顯自覺到在這種情感的解放力量中，自己的才能獲得了證實。

「叛逆者在與傳統戰鬥時，不必以理性為之，只需感情和行動。」（上卷，九十八頁）

俊輔對「詩酒放蕩」的自我辯護，無非是作家的自覺和宣言。坦白說，我對整部〈青年〉惟有溢美之詞。兩名搭黑船回國的青年，懷抱烈火般的激情，還有與之對抗的激烈反對勢力……以及坐看陷入動亂的日本諸島、悠然久泊的英法聯合艦隊[24]。林以和日本長州藩對立的思想漩渦代表現代日本，將自身懷揣的拜倫[25]詩情寄託於英國艦隊。

---

22 一八三六～一九一五，明治維新元勛之一，原為長州藩士，從藩主拜授的名字為「聞多」，偕高杉晉作投身尊皇攘夷倒幕運動，歷任明治政府第一次伊藤博文內閣的外務大臣、第二次伊藤博文內閣的內務大臣、第三次伊藤博文內閣的大藏大臣等職。

23 一八四一～一九〇九，字俊輔，日本近代政治家，首任內閣總理大臣，投入尊皇攘夷運動後，一八六三年和井上馨同赴英國留學。他積極參照歐洲國家，於明治時代建立起近代內閣制，並制定《大日本帝國憲法》。

24 指馬關戰爭（或稱下關戰爭）。一八六三年基於尊皇攘夷思想，長州藩攻擊通過馬關海峽（現為關門海峽）的美、荷、法三國船隻，也促使英、美、法、荷結成四國聯合艦隊，於一八六四年自馬關海峽對長州藩猛烈砲擊而獲得勝利。

作家從鳥瞰的視野，讓故事保持宏大的視角展開。

明治維新數年前瀕臨衰亡的日本，兩名年輕人在不安的社會氛圍中登場的序曲，令人滿懷期待。在此後，相信夢想會成真的革命家成為拜倫和年輕人的盟友；唯一代表世界精神的觀察家布朗醫師登場；海防艦巴羅莎號出航，停泊在豐後海峽姬島鄰近，隨後兩名年輕人上岸……

在巴羅莎號上爽颯而自由的對話，還有長州藩御前會議[26]上，在封建制度最後賭上性命的激烈辯論，真是出色的對比。故事環繞於兩名年輕人在返國船隻上的約定，並在明亮的征服者世界，以及受沉重因襲的傳統束縛、極力企求掙脫的日本青年的世界間來回展開。在此，俊輔那早已理解並見識過世間的不幸視角，傳達出如痙攣不止的精神焦慮和那令人愉快的痛苦。理智且內省的俊輔和情感豐富具行動力的聞多，兩者間呈現有如羅馬式的對照。

（從第十一章布朗和佐藤的對話中，可看到先進大國才有的使命與後進國家革命所存在的矛盾衝突，以及彼此相悖的利害關係，予人批判現今大國政治的新穎感。）

接下來講述一群在歷史悠久溫泉地群聚的恐怖分子，代表著日本保守、反動更黑暗的一面。接著是描寫高杉晉作的第十三章，這背後是以作家的獄中親身經歷，可說是〈青年〉最美好的一章，也是這部從激情飛至另一道激情的小說中，最清澄寧靜的重心。

林藉由高杉晉作明確道出，在蟲的姿態刺激下傳入日本的虛無人生觀，在以〈獄中記〉達到藝術性昇華的同時，經由青年聞多的來訪，澈底顛覆此思想的場面頗有戲劇性十足的亢奮，令人感到整部〈青年〉的主軸彷彿於此結晶成形。

不過，年輕的聞多即使讓高杉晉作的心思躍動不已，還是不免受縛於古老家族規矩那黏滯不離的羈絆，民眾的不安，以及再次從聯合艦隊遠眺如畫作般富異國情調的日本。

第二次御前會議之後，時刻升高的危機，登場人物的激烈行動，終於開火的海峽戰爭，以及三日後的和談，這部小說的後半部文字令人屏息。小小後進國家意圖蛻變的苦惱，以及和西歐文明如此戲劇性、充斥緊張感的相遇，還有哪個作家能寫出如此強有力

---

25 George Gordon Byron，一七八八～一八二四，英國詩人、革命家，激烈批判社會的偽善，曾投身希臘民族解放運動，代表作有《恰爾德．哈洛爾德遊記》、《唐璜》。

26 日本在《大日本帝國憲法》下，天皇臨席決定重要國策的會議。

且緊湊開展的小說呢？大規模衝突之間毫無縫隙地穿插著各種小型衝突，每個登場人物不論好惡都得扮演各自在歷史上的角色，並同時和屬於那角色的自己對峙。外界情況的演變和內部每件事相互呼應，讀者亦隨著每一位登場人物一次又一次地覺醒。在這種情形下，無論多麼卑微的人物也說得出概括自己人生的句子，例如才二十歲就擔任家老[27]的少年清水清太郎這麼說：

「我決定從今天起把攘夷論藏在內心深處。當然，身為日本人的我無法完全捨棄攘夷論。不過我決定接下來的五十年，隱藏自己真實的想法，不再多說。」（下卷，十四頁）

第二十章中，由於情勢變化，以淪落之身被召回中央的麻田公輔，依據自己的判斷任命俊輔為和談使者，是在明快敘事節奏下如閃電般劃過闇夜的精采場面。當他終究未達成使命、一切歸於徒勞的第二十一章結尾，登場人物的戰慄感直接傳進了讀者心裡，那就是〈青年〉中最美好感傷（pathetic）的場景之一。

高潮的戰爭場面描述確實精采，並可由高杉晉作的思想「所謂國家絕不會因外敵而滅亡，亡國者為內敵」（下卷，一百三十頁）及「形勢比人強」所概括。小說進入後半部，從和談會議為起點，再度以拜倫詩句結合俊輔的日本和布朗醫師的西歐，後由俊輔備妥令人欣慰的「日本的西式料理起點」進入尾聲，這部小說公認為明治以後長篇小說中，少數以古典之姿流傳後世的作品之一。

三

簡言之，這就是「回歸青年」的故事。在他的腦海裡，一旦相信達到的理想具普遍的適用性，他將不止於相信，連自身都被理想所「擄獲」。……不過，回歸到日本現實，看起來並沒有任何足以發揮理想的餘地。他不願向現實妥協而拚命搏鬥著，那也是因為大半日本人並未察覺，身居要職者也幾乎盲目且不明事理。但在日本現實的最深

27 家老一般有數人，採取合議制管理幕府和領地的政治，經濟和軍事活動。在幕府或藩中地位僅次於幕府將軍和藩主。

處，已潛伏著把現實推往特定方向的力量，而那潛伏之力讓他的理想契合現實。這也就是兩名青年所懷抱的「開國論」。然而實際上的開國，透過與他們所思考的截然不同的途徑和形態，宛如和他們的努力毫無關係般地取得成功。這就是時代的「形勢」。他們在過程中如無頭蒼蠅般亂竄，受不曾間斷的絕望感所擺布，然後成長為「壯年」。

就算沒能讀出〈青年〉的寓意，它還是一部非常有趣的小說，小說的寓意中帶著諷刺性架構，歷史的類推就如此形成了時代的評論。身為主人公的兩名年輕人，他們懷抱的開國論本身不過是單純的政治思想，但是林的意圖像是描述在明治維新這躁動新時代的容器中，以保守與革新、漸進與躁進、自由與反動等各種思想形態，相互糾結、引致衝突到合成一體，最終盡數匯流成一統新時代為背景，其中勤王與佐幕、攘夷與開國等思想標籤本身並不具有任何意義，而全部融入曖昧模糊夾雜政治狂熱的混沌中。例如兩名青年為了攘夷遠赴異國，隨後帶著開國論返鄉的轉向，乍看之下和林的轉向背道而馳，事實上卻非如此。

林的轉向可從他所執筆的〈青年〉得知，他認為轉向即是從相信思想是一種絕對的存在，進入相信思想是相對存在的世界，而且在相對思想的相互競爭中，挺身抓住一個

「理想」，並沉浸專注於一份熱情。這應當是頗具諷刺意味的定義，因為已經明白某事或見識某事而「覺醒」的人，再也無法待在那群「盲人」之中。而前述的理想指的應是不同於許許多多相對政治思想的立足點，惟啟蒙主義者才具有的「開放的」理想。

然而，〈青年〉的主張並非如此單純。兩名青年只是日本和西歐間的一座橋，作為日本意識和國際精神的接軌，他們的開國理想可能還是透過西歐事物學習而來，不過他們被那理想所「擄獲」的方式，對理想深沉的激情和投身，則繼承自長州藩的「反動」血脈。對此完全洞察的布朗醫師有著如下說法：

「幕府的開國主義，不過是為了維繫封建主義而偽裝的進步主義。然而長州的排外主義縱使看起來反動，（中略）在本質上卻是以打破現狀為目的的激進主義，因此具有在某時期輕易轉為真正的開國主義的可能性。換言之，如果將長州的打破現狀精神結合起兩名青年所代表的正確世界觀，形成真正的開國主義時，日本的革命潮流將首次朝文明的方向行進。」（上卷，一百二十二頁）

這明顯是辯證式思維。俊輔在尚未出國仍醉心於攘夷論時，也就是在「攘夷運動成為討伐幕府的口號」之前，已經從薩摩藩士聽聞「聖天子」的形象，而有「重現『神聖統治者』和憧憬烏托邦」之感。此後他在革命理想的終極信念上，仍殘存著「聖天子之正統」的思考。

俊輔的開國論，起初予人西歐式的開明及理性的啟蒙主義，一旦碰觸到日本的改革議題，毋寧像置身長州藩那激進打破現狀精神的暗流之下，在暗流深處仰望「聖天子」的光輝。換言之，每當俊甫一想起革命，就會重返自己的傳統和情感之下；假如他的「理想」無法隨之「重返」的話，他的轉向不過就是個贗品罷了。何出此言？因為他從攘夷論轉向開國論，若他已失去了支持攘夷論的情感，如同失去最本質的內涵，這就不是真正的轉向。

共產主義和攘夷論宛如左右兩極的存在。不過，外觀不同不代表本質不同，若各種思想都是如此，人類不就住在僅有相對思想的世界了。在此，林房雄做出更辛辣的諷刺，也就是他自己曾對馬克思主義懷抱的熱情、志向及投身「大義」；原來這和〈青年〉中的攘夷論相同，都是最古老、陰暗且不自覺的改革意識，也是從本質上對最初的「日本人之心」的諷刺。

若是有任何無法藉由前述情感而正當化的理想，我倒是想拜見看看。〈青年〉對今日讀者的特殊魅力，在於描寫青年的理想之外，還包括了青年的「幻滅」；這即使作為巴爾札克[28]「人間喜劇」其中一本題名也完全不違和。林擁有這兩種截然對立的預見，在這部小說中，沒有如此令人滿意又妥貼的例子。這是因為心懷理想，期待日本能有實現理想的潛力，卻在各種意志和努力後徒勞告終。最後竟是在外國艦隊的砲聲下，毫無預期地成就了「開國」的理想。受黑船砲聲衝擊而覺醒的日本，此一主題在〈青年〉中昭和八、九年跨越至昭和二十年代的昭和史，做出了正確到令人毛骨悚然的預言。這並非來自歷史重演的預視，而是作家在經歷思想放逐後，最終迎向這個主題，並在過程中所寫下的預言。

28 Honoré de Balzac，一七九九～一八五〇，法國小說家，被譽為法國文學中最偉大的寫實主義大師，創作的「人間喜劇」系列反映歷史和人性，其中九十一本小說總共描寫了兩千多個人物。

四

〈青年〉的每個細節中都可看出作家描寫年輕人的功力，包括他們的純潔和熱情、理想和不切實際、造作的矜持和澈底的悲慘、各種纖細與天真，同時還有勇氣和膽識、不顧生命危險的行動力、輕信和易於絕望……總之小說中關於年輕人的一切，都是以明亮、肯定的筆觸展開描寫。

不過，俊輔和聞多這兩位各自以理性和行動實現理想的年輕人，若是以字意來看，是不是太不像「年輕人」了？其中一個理由很可能是，明治維新尚在萌芽期的風潮和社會要求年輕人肩負的任務已然成形；另外，我認為作家心中也意圖描寫積極奮發的典型青年形象。儘管如此，這些形象實在太過典型了，也就是說，並不具有「年輕人」所隱藏的祕密。

鷗外的〈青年〉裡，也有如老男人般的青年；〈雁〉裡的青年也是如此。我並不認為那是寫實主義，事實上所謂青年，未必真如人們所想的青年的模樣。

在盡描寫浪蕩少爺的傳統日本文學當中，鮮明描繪在公眾領域懷抱政治思想青年的熱情，怎麼說都是林房雄和普羅文學的創舉。但是在故事的歷史性結構之外，這兩名青年俯仰無愧天地的正義感及絕不隱藏任何秘密，和林天生反告白的特質意外地產生連結。

〈青年〉中的人物就是仿照林房雄，在那描繪得太過神似的英雄青年身影中，可以看到他創作小說的特殊精神狀態。也就是說，林拚命讓自己相信他體現了一種思想，並讓那思想以藝術性的姿態表現出來；同時讀者也可以逕自相信，林正如小說中人物般不隱藏任何一個祕密。

雖然令人難以相信，可是林真的**沒有祕密**。無論是任何思想或私生活中，林沒有所謂的祕密，這是造成他所有不幸的原因。最像青年，而且沒有那青春天性的祕密，這是林最悲劇性的特質。因此他在〈青年〉裡，雖然那麼明白地寫下時代的動搖，卻未能成功描寫優秀青年和世界直球對決的孤獨。〈青年〉主人公所對決的世界就是日本，就是政治和思想截然相對的世界。直面這樣的世界，青年無法獲得真正的孤獨，一如轉向後的作家，仍舊難以捨棄和世界的親密感。因此整部〈青年〉中，儘管積累了那麼多的危機和真誠，仍帶有青年和時代、青年和社會間某種令人緊張的磨合感。青年受時代擺布，疲勞、絕望，卻毫不懷疑自身熱情的真實性。就算起了懷疑而焦慮，那也是「充滿憧憬的懷疑者之心」，而不是理論把他拖向了破滅的深淵。

若說這就是明治性格，那同時也是林在政治中追求卻未能實現的理想。阿蘭[29]引用《瑪儂．雷斯考》[30]，並認為索海爾[31]有個特色就如同下面這句話，不過整部〈青年〉中都沒有出現：

「啊，我怎會是這樣的我？」

在第九章，作家深入分析俊輔內心最深處，俊輔覺得自己就像一只被激流沖擊破碎殆盡的陶罐，悲嘆走投無路之餘而自問：

「俊輔坐起身，雙臂交叉抱胸。到底那麼做是對的嗎？難道自己心中沒有更美好、更純粹的動機嗎？——是的，確實是有的。就是那『想悠哉度日』的一線希望。如果以自己的力量能夠讓所有人悠哉度日，那我願意努力。如果往這個方向、就算只前進一步也好，只要能將歷史之流往前推動，縱使犧牲生命也在所不惜。我希望至少能讓世人認同，這發自真心的激昂熱情。啊，不管世人是否認同，至少我認同自己。如今我正在貫徹這純粹的動機，到了明天也許我就會被殺害。」（上卷，一百頁）

如此美好的自我認同，肯定自身所有的美好內涵，就是林始終毫不矯飾的態度。如果將一切歸於「美麗的心」的發現和體驗，而且一切都是由此而生、以達到最高的善，那即可說是一種經驗的辯證法（dialectique empirique）。

---

29 Alain，本名為埃米爾—奧古斯特・沙爾捷（Émile-Auguste Chartier，一八六八～一九五一），法國哲學家、人道主義者，一生反戰並譴責極權主義，著有《論幸福》、《論教育》，被譽為「現代蘇格拉底」。

30 義大利作曲家普契尼三十五歲時發表的歌劇，一八九三年首次上演。

31 法國現實主義小說家司湯達代表作《紅與黑》中的男主人公。

32 Christian Johann Heinrich Heine，一七九七～一八五六，十九世紀德國浪漫主義詩人，同時也是熱中政治的專欄作家與評論家。

五

〈獄中記〉第二部的第一封信中：

「我都想好了，由海涅[32]來寫〈青年〉，以拜倫寫〈壯年〉。說到〈壯年〉的構想，整部作品分成三部，第一部的情節已構思完成，只等著獲釋，隨時可以動筆。〈青年〉比起整部〈壯年〉，無論在分量或風格上都不過是序曲而已。你能想像到底是多麼偉大的故事嗎？不過這件事需要先做點準備，首先要請你全力幫我找到《拜倫全集》。」

接著在第五封信：

「對了，很高興拜倫作為〈壯年〉基調一事愈加明朗了。找到基調後，我立刻就可以開始作曲。」

林在〈壯年〉第一部的後記裡這麼寫：

「〈青年〉的年代是文久三年（一八六三年）和元治元年（一八六四年）；〈壯年〉則是明治十四年（一八八一年）到二十三年（一八九〇年），也就是伊藤博文就任參議院議長、組成自由黨、福島事件、鹿鳴館時代、保安條例，以及頒布憲法的年代[33]。〈壯年〉分成三部，包括這卷的第一部，預定以『福島事件』為副題的第二部，以及預定以『鹿鳴館時代』為副題的第三部；〈晚年〉包括日俄戰爭、朝鮮合併，以及伊藤博文被暗殺等事件，也就是描寫明治時代的『晚年』。[34]」

33〈青年〉的時代為明治初期，當時發生數起重大政治社會事件，包括伊藤博文在明治時期四度組成內閣，並數度與自由黨結盟；「福島事件」為明治十五年在自由黨帶領下的農民起義運動；明治十六年落成的鹿鳴館，在當時被視為親歐美外交政策的重心，明治十年代後半又被稱作「鹿鳴館時代」；明治二十年頒布的保安條例，將民權人士驅離東京，拒絕者遭政府拘留；明治二十三年施行《大日本帝國憲法》，確認以天皇為核心的近代官僚制度等。

34 明治末期，日本為了和俄羅斯爭奪朝鮮半島和滿州控制權，於明治三十七年發動戰爭並獲勝；伊藤博文於明治四十二年赴滿州會晤俄國財長之際，遭朝鮮獨立運動家安重根刺殺；隔年明治四十三年，日本以《日韓合併條約》併吞朝鮮。

不過，〈壯年〉到第二部就中斷了，〈晚年〉則完全沒動筆。我非常清楚，林在這種三分鐘熱度、喜新厭舊、評價無一貫性的日本文壇中，是如何苦惱地構思這部大作，並在難以言喻的憤怒中放棄完成作品。

〈壯年〉的開場隱隱以福島事件作為綿長的伏筆，直到第七章，〈青年〉的主人公逐漸成熟為伊藤博文登場，真是令人感動的瞬間。但我認為〈壯年〉第一部中，最令人驚嘆的人物就是醫師大戶田兵衛，他在〈青年〉中被布朗醫師解救後赴法國留學，想不到日後以日本人之姿在〈青年〉中負起和布朗同樣的任務。他在第一部最終章、即第二十章中大放光彩，也就是他與分屬政府派、反政府派的兩個年輕姪子對抗的場景，實在擁有足稱卓越的戲劇張力。兵衛在此的動人感懷，有如凝聚〈壯年〉的中心思想，這也正代表了林自身無止盡的感懷，且明確表現出小說家在客觀主義和未竟夢想及熱情間，相涉與相抗這般微妙且危險的關係。

〈壯年〉比起〈青年〉，不難發現在內容上有過於煽情的缺點，人物的安排與說話方式也予人陷於窠臼之感。

〈壯年〉還有一個缺點，即謀逆青年和民眾的憤怒開始被正面接受之際，握有國家機器權力的伊藤博文和三島通庸[35]兩人當中，作家將伊藤博文寫成有時在談話間顯得朝氣蓬勃富人情味，偶爾卻充滿虛無感，其他就是繁雜的歷史陳述；至於怪物型反動政治家三島通庸，只在第二部第四章陳述史料間接描寫。年輕的改革派一旦掌權，就會變成可怕的反動人士，這樣的諷刺應當是〈壯年〉最有趣的主題。可惜作家放棄了這種非常適合小說人物的描寫，就此戛然而止。

〈壯年〉所描寫的鎮壓和反抗，缺乏了〈青年〉裡頭不知何時加害者會變成受害者、受害者會變成加害者，那種動盪年代的驚悚和感染力。儘管描寫行動的熱情接踵而來，卻完全感受不到振奮感。權力和警察政治幾乎已是既成事實，近似昭和年間的思想鎮壓也早在此時萌芽且昭然可見。所以讀者無法感受到〈青年〉中那悖論性的歷史類推。隸屬政府派的一郎，其性格不僅毫無憤世嫉俗的趣味，也太過淳厚善良了。否則這

35 一八三五～一八八八，薩摩藩士，明治時期內務省官僚，「福島事件」中農民起義原因之一即來自他擔任福島縣令時的高壓統治。

名日後接近三島通庸之女的青年，就可以成為明治時代的索海爾。

然而，〈壯年〉描寫的是幻滅的時代，幻滅的本質藉由對各種人物的側寫，而形成壯闊的多面體。對此最宏觀的見解，就從大戶田兵衛口中流洩而出：

「無論政府或自由黨，我都沒有加入的打算。我只是對時代的神祕性感到驚訝。（中略）那位叫伊藤俊輔、充滿活力的勤王派優秀青年，（中略）如今當上參議院議長的伊藤博文，為制定憲法，決意鎮壓民間政黨。……（中略）一名叫河野信次郎的勤王派青年，（中略）如今已是福島縣議會議長，為制定憲法，以打倒伊藤政府為目的而慷慨激昂。」（第二部第七章）

我想像林寫〈壯年〉時，他心中敵人的身影是不是漸漸模糊了呢？不只是他，這是任何作家都可能發生的情況。相較於〈青年〉，〈壯年〉中描寫的敵人更令人生厭，例如第二部尾聲嚴苛徵稅與剝奪人民的場景。儘管如此，這種令人厭惡的描寫仍有為故事潤色的效果。我感到林心中的敵人大概都已瀕臨死亡。他拚了命想喚醒記憶中的敵人，以此作為國家暴力的範本。這般努力並未成功。〈壯年〉有著呈現兩種幻滅的可怕意義：從表面來看是理想遭到背叛的幻滅，反過來則是敵人瀕死的幻滅。

充滿理想性卻浮現恐懼、窮凶惡極的政府形象，林已經無法以初期作品的明快、童話般張力的筆觸來描寫，這是轉向所引發的出乎意料的結果。他忽略了這藏在群眾身後的巨大敵人，直到戰後一段時間才開始正視它；而眼前敵人之強大，是曾將他關進監獄的政府所遠遠不及的。

他在〈青年〉時未發現的群眾，卻也沒能在〈壯年〉中寫下來，實在遺憾。由於他持續美化年輕人和群眾，以致絲毫沒察覺背後已有刀鋒迫近。〈壯年〉出版隔年爆發太平洋戰爭。群眾的狂熱將一切剝奪殆盡，這是沒趕上浪潮人們最後的贖罪機會。此時的林房雄已經贖完罪了。他寫下〈關於轉向〉、〈勤王之心〉。那時，他從沒料到自己會在政府支持[36]下走向孤獨。曾在馬克思主義的從眾（conformity）中不知孤獨滋味的青

36 此處應是指林房雄於一九六四年出版的《大東亞戰爭肯定論》，本書自一九六〇年在《中央公論》連載以來，即掀起戰後為中日戰爭翻案的爭論。

年，卻在失去了真正的敵人後，陷入更深的孤獨。林肯定看過太多事情了。亞洲主義的浪漫熱情會形成怎樣的現實呢？作家應該清楚地看到了。……儘管看到也無濟於事，他肯定看到了現實正急劇傾斜。

〈四個文字〉及其他

一

於是，終於來到了我第一次看到林房雄的時代。

當時林遭到整肅，不過仍坦然接受。他以筆名為雜誌寫文章，用大碗喝酒，站在大樓窗邊向外小便。

我從他的身影，與其說看到他這個人，不如說見證了一個歷經挫敗的時代。還是少年的我，將其視為新奇卻不祥的挫敗年代。其實從幼年遭逢二二六事件以來，我總是讓挫敗盤踞在自身美學的核心。

當時的我認為頑強地活著，是一種低俗的象徵。我憧憬早死，卻仍然活著，而且預感不得不繼續活著。因此，林對於當時的我而言，具備了必要的兩種形象：即象徵時代挫敗的形象，以及低俗卻得作為典範頑強活著的形象。換言之是內心即將否定自我的狀態，以及荒謬、毫無道理且破綻百出地肯定自我的姿態。

這種說法絕不誇張，在某個時期，我確實是因林房雄的身影而活著。那時在他心中，他原先與世界的親密感的特質已然崩壞。他喜歡用「對政治感到絕望」這種庸俗說法來解釋，但顯然實際的問題更深刻，也更巨大。

有的人在二十歲時，就嘗到了和世界的親密感的崩壞。而特別的是，在林身上不僅僅是遲來的崩壞，還出現大規模的，包括政治與內在、革命熱情與客觀主義哲學等等，相互間無理且刻意連結的斷絕。他所謂「對政治感到絕望」和對亞洲的絕望，對日本的絕望，對世人的絕望，以及對自己的絕望等渾然一體，而這都源自於他和世界的親密感崩壞的事實。

林房雄有種恆常不變的積習，當情況如他預料時，他總是已經離開了現場。所以他相信自己是重生之人，而這樣就可省下追溯因果脈絡的工夫。如此毅然拒絕受過往制約的姿態，迴異於「啊，我怎會是這樣的我？」一般年輕人式的抱怨，他彷彿成了年齡不詳之人。

然而，林在斬斷了他和世界的親密感之後，連幼年時度過的北九州美麗風光，還有曾如此期待深入的情感的根，也都就此斷絕。不過我要特別強調的是，林房雄的頹廢和時值戰後的頹廢並無任何淵源。這完全源自他個人的頹廢，而且是他早年逃避孤獨時，已經可被預見的頹廢。

二

作家的創作動機，往往非常奇妙。

林房雄在遭受如此惡名和懷才不遇的時期，寫了幾篇傑出的短篇小說。那些清晰美麗的追憶，包括在蘇門答臘島痛快地釣魚（〈妖魚〉）、馬尼拉灣如火般的壯麗夕陽（〈消失的首都〉（失はれた都））、以及占領南京時期的奢華和慘劇（〈四個文字〉）等故事。

這些都是人生首度迎向真正的孤獨的人們，才寫得出的作品；作家很清楚，這是在牢籠中也無法感受的豐饒的孤獨。諷刺的是，這些作品舉著詛咒戰爭的旗幟，實則無非是因戰爭所生的豪奢利益與建構在回憶之上的作品。在當時文壇眼中，這類極度誇張戰爭傷害的苦難劇，可說是相當可惡的異端作品。

在這些短篇裡，林的技法、處理主題的方法以至文體的精煉，展現出未曾有過的沉穩。在如此反時代的作品中，他首次流露出身為作家的滿足。這位行動主義者直到將回憶寫成小說時，才明白自己行動的意義。我第一次和林房雄見面時，他身上確實流著那種靜默的時間。

不過，作家不會永遠停在原地。他再度書寫起「思想性」的作品，〈兒子的青春〉、〈兒子的親事〉可說是戰後介於純文學與大眾小說間、中間文學的前奏作品，儘管看似平庸，卻是他再度抹去自身直覺所講述的「思想性」之作。他在治國、平天下遭受挫敗後，熱中於修身、齊家的思想，重返明治時期啟蒙主義的庸俗家庭小說，以及熱切討論的對話傳統，以看似不同形式，著手描寫〈青年〉和〈壯年〉的下一世代。這種家庭小說可說是「開化」時代的小說，它那股輕浮氣就是開化獨有的輕浮氣；理想的開化家庭肖像，還包括了戰爭爆發後的生活困頓、同住老人的昏聵等許多沉重描寫，卻在他看待「思想」不變的態度下，呈現開朗單純的樣貌。我想起作家在生活中所遭遇的各種不幸，他筆下這些家庭小說的幽默感，彷彿〈獄中記〉第一部那種帶著堅毅幽默感的重現，而且更具悲劇性。其中頗具代表性的是越智母親之死，其間的幽默已失去了和世界的親密感，或可說連幽默都是基於刻意孤獨而生。

他在這些家庭小說裡，逐漸找回了曾遺忘的敵人身影。雖然他的直覺鮮明地浮現眼前，終究還是沒掌握住。豈止沒掌握住，林獨特的行事作風再次驅使自己偽裝成新敵人的夥伴；所謂新敵人就是，對藝術家來說比思想警察還強大的敵人，也就是群眾。

林在年輕時對「純潔群眾」的信賴，在戰後的家庭小說中再次抬頭的理由之一，應是源自戰後文壇的偏見，以及接受中間文學的新興讀者。貧乏的群眾或引發作家正義感的群眾形象，戰後仍是部分作家的維生手段。林預測中產階級擴大後將出現另一批新群眾，並在取得其信任的意圖下，寫出了道德（moral）小說，由這點看來確有先見之明。不過，此刻他一如既往點燃了意圖和結果間的齟齬，走向為了自己訓練出的敵人路線。這種「開朗的小市民肖像」既是美國群眾的溫床，也是順應主義[37]怪物的胎兒，於是諾曼·梅勒[38]寫下這句：

「我們將被混帳傢伙殺害。」（〈為了我自己的廣告〉）

所謂群眾，就是正在成長的混帳傢伙。儘管林房雄透過家庭小說談論自由和勇氣，卻在不自覺間認為順從（conformity）等同幸福觀。也就是說他不相信幸福。由此可知，作家不曾相信過思想，直至今日依然不相信，實在非常諷刺。

三

〈消失的首都〉開頭，描寫編劇笠原如「踏上波斯地毯」一般，走在馬尼拉灣知名景點、晚霞照耀的倫禮沓（Luneta）廣場，美麗且令人目眩神迷。這道奇特的晚霞有如預

37 應指大勢順應主義，意味著在處事上多順應時勢發展或抱持觀望態度。

38 Norman Mailer，美國作家，兩度獲頒普立茲獎，關注美國社會大眾和政治議題，描寫風格以暴力和情慾著稱，代表作是以二戰為背景的小說《裸者與死者》。

示情節發展，象徵佇立在危機頂點而活的人們全部的人生。

故事帶有梅里美式懸疑，藉由王城區加特力教會一名奇妙女子的舉動，隨後與開朗小說家阿斯圖里亞斯相見，接著是古怪畫家多洛里斯登場，再到阿斯圖里亞斯家狂歡；作家在豐富的熱帶色彩中乘坐摩天輪，帶領讀者領略所有架構，並歸納於一點後才明朗，其實阿斯圖里亞斯是菲律賓獨立軍游擊隊大尉，色彩和音樂則是基於愛國主義的祕密結社為隱瞞身分的偽裝。這是個動人的結局，笠原和阿斯圖里亞斯之間的信賴羈絆卻被全盤推翻，徒留下敵我雙方瞬時交錯飛來如閃電般的信賴眼神。一切以死為終點，此時讀者腦海中再度浮起妖異幻影般的馬尼拉灣晚霞，同時感到一股巨大的空虛。

「世界聞名的馬尼拉灣晚霞，不是因為天空和雲朵，而是在光線和空氣中才美麗。而且那美景一年只出現兩、三次，今天正好就是那樣的日子。」（新潮文庫版〈白夫人的妖術〉〔白夫人の妖術〕一百三十四頁）

我曾在加勒比海看過這樣的晚霞。事實上，只有孤獨的心才看得見這種晚霞。

〈消失的首都〉中的晚霞讓人感到時間與空間的遙遠，而且理所當然地，這是只存在於當下的幻覺。戰後的作家距戰時那道晚霞已相當遙遠了，而那其實代表著記憶中的青春幻影。正是這道美麗晚霞，林回歸了最初的母題，回歸到賭命投身政治運動那純潔、擁有激烈之美的年輕人，回歸到〈古典式書信〉的母題。原來安南青年們有日本友人，而初期作品中的登場人物都是那群青年的夥伴；但在〈消失的首都〉裡，作家曾描寫的「純潔的青年」，卻成了敵視日本軍的獨立運動志士。歷經動盪波折後，敵我立場改變的兩人再度相遇時，人與人間的信賴僅僅存在於閃電般的瞬間，這不就是未完成的〈壯年〉所隱藏的主題嗎？

四

〈四個文字〉（一九四九年）是他短篇小說中的最高傑作，那是一幅描述敗戰隔日自殺身亡的南京政府國務大臣的肖像畫。在南京政府任職的政治家曾屠殺數百名加入共產黨的年輕學生，他是澈底的樂天者，鎮日奢侈玩樂，最後他讓「我」看了寫有「學我者死」四個字的匾額。

「他是了解所謂南京政權這艘破敗的豪華客船命運的唯一乘客，他與船的命運生死與共。不過，他打從最初就沒有要拯救這艘船的想法。他徹頭徹尾就是一名乘客，毫無節制地奢靡度日，直至最後一刻。（中略）不知從何時開始，他化身為無懼造物主的魔王使徒，最終化身為虛無的使徒，這是政治家中最危險的類型。他並非順應天意而死，而是驕傲地死於自己之手。」（新潮文庫版〈白夫人的妖術〉，一百九十三頁）

我讀到此處，想起了德拉克洛瓦[39]〈薩達那帕拉之死〉那樣真正富浪漫性的作品，而其中的「危險的政治家」，成為日後〈壯年〉中的登場人物。

關於年輕時滿心嚮往、幻影般滿腔熱血的政治詩，以及走到盡頭時包覆世界的虛無主義，兩者之間有著表象的矛盾，也有內部的表裡一致。我先前提到的南京政府高官，他很可能在年輕時也充滿熱情，但作家在〈四個文字〉中細心地隱藏起來。

「『就在這裡殺的喲。』大臣反覆說道。『是我殺的喲。兩百多人……有兩百五十人。都是年輕學生。聽說都是共產黨員，不過我不知道裡面到底誰是共產黨員。機關槍一掃射都倒地了喲。……是我，就是我下令開槍的喲。呵呵，呵呵呵呵。』」（新潮文庫版，八十八頁）

這種笑，已經不只是殘酷的笑了，更近似自我殺戮的笑！若說這兩百名學生不過只是活在他外部世界之人，怎麼會出現這種笑容呢？兩百名學生難道不就在他的心裡嗎！

這不像〈R看守部長的寬容〉中殺死無辜朝顏的行為，這是政治家親自審判的罪人。那些青春、熱情，以及對思想的忠誠，換言之，即是他曾認定為「詩」的一切，都獲判有罪。若不對其展開殺戮，現實的權力再也無法存續。世界性的詩和世界性的權力彼此互不相容……當政治家洞察此事時，也同時覺悟到所有權力都存在終有一死

39 Eugène Delacroix，一七九八～一八六三，法國浪漫主義畫家。〈薩達那帕拉之死〉創作於一八二七年，描寫亞述君王在攻打巴比倫失利後受困宮中，為了不讓財物落入敵人手中，下令焚燬宮殿，並於殺死妻妾和馬匹後自殺。

（mortal）的特質。如果具政治性熱情的純潔詩不死，終有一死的政治權力絕對不允許不死的存在，於是立刻用機關槍將其擊倒在血泊，讓群眾對於不死之死留下深刻的印象。

由此可知，他的行動原則就是以積極參與終有一死的現實權力，來輕蔑所謂理解權力本質的自身認知。因此原屬非行動性的認知，把他和他所殺害的學生們永遠結成羈絆。換言之，這個認知成了殺害他們的原因，所以行動必須違背認知。

對政治家來說，沉湎放蕩是他唯一的行動表象，他就站在距離逃避最遠之所在。打從一開始他就不相信所有理想，也不相信所有思想，可是他參與其中。這個參與的狀態近乎於一種斷念，他在酒池肉林的日子，一點一點地抹殺自己的正當性，同時抹殺了自身行動原則的普遍性。

政治家固執地佇立在不相信思想之地，在世界性的虛無主義中動也不動。他肯定沒有走向情感的世界，連對自己的兒子也像扮家家酒似地授以動章，恬然地笑著。他就這樣輕蔑著自身認知，不相信思想，化不作為為行動……他甚至堅決斬斷，企圖把人類極限存在形式化為思想普及的內心誘惑。

所謂「學我者死」，亦即在各種意義上的澈底斷念，以虛無主義的視線來監視時間和空間，甚至遍及各個角落，為一種不容許和自己相似存在的傲慢。就算「學我者」僅在世上存活短短一瞬間，那也是因為他的虛無主義具有世界性的瑕疵。

……可能在此，就得以見識林的拜倫主義（Byronism）嶄露之極致，以及那理想的形態。作家自始至終的未竟之夢「體現思想」，即是如此。當林終於明白夢想的不可能並放下時，才真正成就其藝術創作。政治家的身影，是他未竟之志的投影，在戰後一段時期的孤獨中，他最終實現了所有作家暗暗寫在處女作的約定。

五

如前所述，我並不是他家庭小說的好讀者。我一直期待他再次回到他本質性的主題。林房雄曾被硬拉去拉丁美洲旅行，生病之後，他慢慢理解到那荒漠風土下的事物，並回到了自己的內心世界，即開朗和絕望、挫敗後的熱情，以及彷彿迫不及待想衝撞的夢想……然後回到了死去青年和神明同在的世界。

他熱中釣魚，會突然以平常表達看法的語調談論死。我不曾在年輕人之外，聽到有人以這種語調談論死。

他酒後動粗的惡習很有名，不過這壞毛病很久以前就沒了。也許很多人不敢相信，我和他往來多年，還不曾見識過他發酒瘋的模樣。

新婚的夫人把家裡整理得很乾淨，在山澗完成一座美麗的庭園。他喜獲麟兒。

我年輕時，曾因內心不斷湧現的文學想法，屢次寫長信給林房雄。那時他微笑著說：「將來你不會再有寫這種長信的空暇了唷。」我當時的確愈來愈擠不出時間。我在信上寫道：「我絕對無法判斷食物的美味與否。」他那時以同樣的微笑說：「不要說什麼絕對。將來你一定可以判斷味道的好壞。」果然，如今的我對食物的味道非常挑剔，他的預言就這樣全部成真。

不過，我的性格不容自己逐漸接近作家那樣的精神，熟稔、不拘泥、與世間和睦相處。只要戲劇不死，我對於布幕升起的感動永遠不會消失。

我花很多時間慢慢理解、掌握他的核心思想。在昭和知識分子懷揣著不安、動搖那閃瞬即逝的歷史中，此人在最不利的處境下，以最開放、最正直的態度，開朗地活下來。此人故意踐踏過程中柔弱難解的心境，招致世人憤怒。在某種意義上，沒有任何人會像他這樣，如此冒瀆世人所珍視的情感上的細微變化（nuance）。

如果沒有好好明確地回溯他的人生軌跡，通透其路線，便試圖論述昭和知識分子的話，我認為全然是怠慢的；如果捨去林來議論當前劇烈變動時代下知識分子的命運，我甚至認為是徒勞的。林房雄確實是一個讓人做此想法的人物。

我再次看到了他澈底捨棄多餘肉體的意志。我對他的私生活一點興趣也沒有。一如前述，他是一個澈底的非告白型作家。

六

我在昭和三十八年《新潮》雜誌的新年號上，讀到林房雄許久不見的短篇小說。這篇名為〈老人〉之作，和〈青年〉一樣描寫一名歸來的男人的故事。日本作家從出生到死去，到底要回歸日本幾千次呢？長弓般的日本列島把日本人彈射出去，卻又像粘鳥膠般吸引他們回來。〈老人〉是他以回歸為主題的最新創作，而日本人對這種故事百看不厭。

二十八年前，「我」因娶雪江為妻，被逐出村落，前往南美拓荒經營皮革有成。再次回來那座可怕村子的「我」，和妻子一同站在輕井澤飯店的陽臺上。

「白日的煙靄下，我們生長的村子——把我們放逐的村子就在那裡。」

這是他如往常般富親密感的文體。被放逐者的回歸，看似溫和卻內裡有刺的日本風土……他被拒絕了無數次，又無數次非歸來不可。

我想起〈青年〉中兩名年輕人回國時的驚險場景。青年回歸日本的動機來自改革的熱情；而〈老人〉的歸來，僅僅是因為逐漸接近死亡，想在有生之年再次看一眼那充滿憎厭回憶的村子。儘管曾有「在苦於異鄉高原的酷寒、熱帶叢林的瘴氣中」幻想如基度山伯爵式的復仇，但「如今想來，那些幻想只是疲憊身心的撫慰。」因此「我」的歸來，只不過是「望鄉」這種毫無道理的感傷，也就是移民第一代內心滿溢卻無以表達的「對日本的思念」，於是「我」隨著「情感」而回歸。只為了回來「看一眼」。

「我」因遭逢礦山爆炸和交通事故，歷經兩度顏面整形手術，加上「長年住在不毛之地的安地斯山和潮溼且瘴癘流行的亞馬遜區，每過一年就像老了兩歲」，沒人看得出我只有五十多歲。

這裡登場的是一名年齡不詳的老人，他是實為老人也是年輕人的怪物。在故鄉日本只有二十多歲的「我」，在地球另一端以加倍速度老去；從思想遍歷之旅的盡頭，經過幾次整形手術改變臉孔，卻想再度回歸青年反叛情感的知識分子自畫像。而那被舊習籠罩、可怕陰暗的保守日本，同時也是青春的別名。這個諷諭在〈老人〉後半部有詳細的說明。

「我不信年輕人口中所謂進步主義這種東西。（中略）讓村裡的舊習這樣擱置不管的，就是那群三、四十歲世代的年輕人。我工作到失去了視力。而他們從未試圖改變任何事。」

「我」終於坐上巴士前往故鄉，發現乘客中有個老人是三十年前的仇敵。在目的地長祥寺下車後，得知在寺院吹小喇叭的少年是仇敵的孫子。少年聽說「我」從南美回來，嚮往之情從炯炯發亮的眼神中發散出來。

「少年臉紅了。身高已比我還高。清澈的瞳孔中掩藏著青春期的憂鬱和反抗。」

這個相遇是〈老人〉中最令人感動的一幕。有著可怕舊習的村子裡，出現了和昔日自己一樣的少年，而他竟是仇敵的孫子。接下來，無論「我」說破了嘴勸阻，也無法粉碎少年的憧憬之情。

林房雄描寫這種憧憬如輪迴出現，明知終歸徒然的熱情輪迴，豈止是一個世代承繼給下一個世代，就像〈消失的首都〉中敵軍的鮮血，或是〈老人〉中繼承仇敵血脈青年激烈之「詩」的輪迴，當他如此陳述時，迸發出極度的抒情性（lyricism）。這裡有某種和作家的不死觀相連結的內涵，只有在那一道道輪迴出現眼前時，戰鬥才會停歇，融和與清靜將受引導而出。

況且少年意外地被設定為理解老人的角色，還把「我」帶到自己祖父，也就是「我」的仇敵所參加村裡的老人棒球比賽現場。

老人棒球的描寫隱伏著冷淡的嘲弄和怪誕式幽默，比賽時的滑稽模樣「潛伏昔日壯士戲劇啟蒙主義般的氛圍」，一切都展現出作家高漲的自我諷刺象徵。很可惜〈老人〉的結構在此處逐漸變得混亂，慢慢失去客觀性。這是因為他開始無視小說的戲劇性結構，一人分飾兩角，好不容易在作家的努力下將感情移入「我」的讀者，此刻又被要求將感情轉移到仇人的言行中，澈底失去了小說的客觀輪廓。

仇敵大原重吉早就看穿「我」了，說著要參加葬禮的計畫，發表自己對進步的言論。這幾乎映照出作家的老人觀，年輕時忙於工作無暇思考，因此「對於不思考的人而言，因襲就是最便捷的道路」，雖是頑固的保守派卻說出：

「老人首先須以不工作為基礎而開始。」

如此主張老人的休閒和思索的正當性，並說明如此一來就可能產生合理又進步的思考。

我認為這種說法殊屬可疑。「老人們辦不到，辦不到啦！」大原重吉的語調簡直就是作家本人喃喃自語的聲調。我宛如聽見作家以年輕時一貫的話術，偽裝盲目相信自己所想相信的事物。這裡所主張的到底是違反常識的老人形象，不過作家對老人的生理狀態並未做出任何告白。

究其深處，流著一股足以粉碎一部短篇小說的強烈抽象性熱情。這種以毫無目的和方向為本質的熱情，既無成長也非衰退，只能稱之為作家的鬼斧神工（demon），那是真正地被告白。於是一如既往，他支支吾吾，就算多半知道別人不會相信，卻能以巧妙迂迴的方式焦躁地含糊其辭。這種人既不會老去或有其他轉變。說到底，原來作家是不能變老的。

「未來不屬於青年，是屬於老人的。等到了未來，那些青年都將變成老人。這是再清楚也不過的事實。」

哎呀，這果然就是作家的想法。把世間極為暗淡的思念，以明亮簡單的手法表現出來。輕率地徒手伸入深淵，拿出連自己也不滿意，而且是自己的直覺最終都無法接受之物，呈現在他人眼前。這不是老人會做的事。

回到飯店後，妻子問「我」：

「大原重吉如何？」

「他宣稱已不再戰，卻還在戰。」

這正是作家談論自己時最果敢的一句話。我從他口中聽過好幾次「不再戰」的話，我知道他一說這話的瞬間又在戰了，所以只能報以微笑。把青年當成自己的痼疾，這是他的獨創。無論受過多少創傷，還是守護著痼疾，這是他獨有的生活智慧。人們常輕率說出「永遠的青年」，事實上林房雄比任何人都適合這個稱號。我認為除了他之外，再沒有人能以這稱號如此明確體現近代日本的宿命。他是一個必須做更多更多「青年的志業」的人。

武田麟太郎／島木健作

如今讀武田麟太郎作品的感動，在於其文章之精采。他的文章如四處張望的銳利目光，猛地轉為緊實嚴肅，實則俐落豪放。戰後，我們看慣了虛張聲勢的文章，因此像這種處理風俗題材的短篇小說所具有的藝術性文體，真是相當罕見。當然，這很大程度上是受到井原西鶴（特別是〈西鶴置土產〉）[1]影響，例如〈市井事〉中：

1 井原西鶴為日本江戶時代浮世草子、人形淨琉璃作家，代表作《好色一代男》為情色官能小說經典，與近松門左衛門、松尾芭蕉並稱元祿三文豪。《西鶴置土產》為他描寫周旋於遊女間的遺稿。

「——大門就這樣半開著，他如此說的時候，從附近澡堂流到水溝的洗澡水的白色熱氣，散發出肥皂、體垢、香粉的氣味，宛如霧氣般滲入微暗玄關的土間[2]。

——稍後，他說阿花真是怪人啊，還說石田也是奇怪的傢伙。」

飽滿的敘事特色，也可說是武田短篇的精華。

〈日本不值錢歌劇〉（日本三文オペラ，一九三二年）是一部有如穿插西鶴式逸事、屏風畫[3]般的作品，它使用一種被稱作「大飯店主題」[4]的電影敘事手法，描寫原本毫無交集的人們各自發展的群像故事。

未辦理結婚登記的老夫婦、咖啡廳的已婚女侍和情人、被拋棄的男廚師、狡猾的電影解說員[5]，加上公寓主人夫婦是主要登場人物，這些人物都遭面帶微笑的作家施予了殘酷處置。而那些活在島木健作所謂「第一要義的道」，或說想活下去的世人，一個都沒登場，作家本身也已感覺不出自己活在「第一要義的道」。不過和島木文學不同的是，武田對於活在第二要義之下的人們不帶絲毫對立的情感和憎惡，接受微小的虛偽而喜愛著，連帶著惡的群眾也成為值得喜愛的存在。對武田而言，群眾卑瑣下流、計較得失的模樣本身富含詩意。武田認為這種特質，讓群眾彷彿布滿蘚苔的石頭般的雅致。可是，我並未在其中發現他感嘆人性而受傷絕望的線索。他在書寫時，流露出稍顯冷淡又滑稽可笑的態度，藉以警戒並躲開那曾迫使自己過於正經的思想，而這不只是逃避。這位佯裝粗野的敏銳作家，彷彿已決心抱著脫離所有和社會有關思想的觀念性結構，只想努力成為強悍不屈的現實主義者。若非出於這股決心，是無法描寫出如此的愚昧。那時他也感到自己迫切地需要「愚昧」，為了確實將感情轉移到愚昧，似乎也把身體都賭進去了。

正因這股張力，武田文學顯得緊湊而不鬆懈，偶而穿插些低俗雜亂，但不全是如此。

---

2 日本傳統建築中室內與室外的過渡地帶，長久以來作為廚房或作業場使用。

3 源於中國唐代，為日本主要繪畫形式之一，題材多變，廣受日本皇室貴族喜愛，成為彰顯權勢地位的象徵。

4 起源於一九三二年的電影《大飯店》（Grand Hotel），為第一部描寫同一地點不同人物故事的電影，日後同類型電影都被稱作「大飯店主題」（Grand Hotel Theme）電影。

5 早年無聲電影時期，為觀眾講解劇情的人。

這樣的武田，很罕見地竟想透過〈市井事〉（一九三三年）來描寫自己的索妮亞[6]。此處所描寫的花子這名姑娘的坦率、愛管閒事、好強，以及與生俱來的愛的形象，毫不保留地映入讀者的眼中，讀後心裡留下難以言說的哀戚。

又因為作家以不帶感傷、直率不通人情的文體書寫，我們就像在觀賞玻璃缸裡的金魚般，如實地看著她的哀歡。當然，作者於此也將她放在世態人情中，盡以滑稽可笑的筆觸描寫；但也就是從這滑稽可笑的筆觸中，滲透出難以形容的悲痛。

在這「難以形容的悲痛」中，武田文學和可說截然相反的島木文學之間出現了連結。即在這種悲痛、極度壓抑的悲痛之下，浮現出那「思想」中禁慾主義色彩的陰影，那是思想已浸透作家內心情感的證明。因為這種悲痛，並不僅僅只是來自小說家的人道主義式同情，而是對花子在生命中歷經的挫折產生共鳴而生。

而且，作家甚至連「共鳴」也是極度禁慾主義！他一定是想這麼相信，相信人們可在共有思想的狀態中自我痊癒。他一定深切感受到，人們若非從無所憑依的狀態開始，什麼都開始不了。當共有被否定時，共鳴也得被否定。他學習西鶴那充滿聯想和舉例的持平文體，儘管如此，花子仍然可愛、惹人憐惜，引人心傷。在前述特色下，〈市井事〉

將永遠保持新鮮感且受人喜愛。

關於這點，〈勘定〉（一九三三年）、〈大凶之籤〉（大凶の籤，一九三九年）的技巧更為精湛，是在讓人在焦急不安的巧妙手法中帶著苦澀的短篇小說。〈勘定〉的話，還可以說其中藏伏著所謂青年的血氣方剛；不過，〈大凶之籤〉是怎樣令人震驚的作品呢？小說家受到無所事事和流浪念頭的衝擊，利用那失去名字與身分的體驗化為小說，也是日本一種獨特的、不理解怠惰和勤奮孰真孰假的神祕（mystification）小說形式。但是在〈大凶之籤〉中，光是在最後的收尾就有必要做如此的設定。

問題在於「高等乞丐」和狐占卜師老人之間卑下的主從關係，高等乞丐獨有的高貴性格，與狐占卜師滿懷報復心的卑屈態度成為強烈對比。其間，「我」這個被逼到困境的知識分子，終於不住嘟囔著：

「啊……想去打仗。」

6 杜斯妥也夫斯基小說《罪與罰》中的女主人公，即指對武田文學來說是很重要的女性形象。

點出前途茫茫之感。

然而對乞丐和狐占卜師這對搭檔來說，時代這種東西完全不用考慮。高等乞丐有著即便生病也不氣餒的對人性的強烈信賴，狐占卜師則有無論命運多卑微、也要把生活考慮進來的執念。不管何者都是抽象的、與時代和社會脫節的存在，令人困惑的正是這種脫節的存在，竟遠比苦惱的「我」更具真實感。或許就是為了追求這奇異的真實感，而成就了這篇小說吧！武田麟太郎彷彿是為了不忽略這些事而活，也是他身為作家的理由。而且在昭和十四年（一九三九年）的時間點，他清楚地知道狐為自己抽出了惡意的籤，就是大凶之籤。

〈勘定〉中，也呈現出文學和政治絕對無法相互理解的平行關係下，相信彼此能互相理解又互相利用的滑稽感，狠狠地矮化及醜化。此作已近乎圖解式小說。從收款員太田龜吉的生存邏輯來看，就算是文學也必定也和金錢有所瓜葛，和一般買賣並無不同，而這麼說來，文學是有用的；好色之徒田邊音三對文學一知半解，他不像太田那麼單純，卻也不是在兩難困境中自殺的良心知識分子中原貞二郎。

這雖是描寫一家公司和其中文學同好的小故事，但很明顯它在設定上是對政治和文學的嘲諷。武田使用〈勘定〉這個題名[7]，將內心苦澀以滑稽可笑的形式宣洩出來。小說中出現的作家，總擺出自負高潔的姿態，卻毫無太田龜吉般實踐卑俗生活的自信。

武田麟太郎應是看到了身旁「文學和政治」令人不快的景象，於是以苦澀且具諷刺感的手法寫下這個故事。他透過一家捲入權力鬥爭的公司，以及對文學毫無所悉的人們，在各方拉鋸牽扯中產生意想不到的誤解，最後以有人逃離被撤職的滑稽感收尾。

反覆重讀島木健作的作品，過去認為是誠懇又「認真」的純文學典型，如今不禁再次感嘆這種「認真」確實名實相符，連全篇盡是沉重自省的〈第一要義之道〉，也能懷著共鳴津津有味地讀完。原因之一就是文章很有力量。

7 勘定在日文中有算帳、付帳、計量等含意。

若將林房雄、武田麟太郎、島木健作三位作家並列，當中最不能稱為「寫作者」的就是島木。儘管如此，這些經得起某時代下某種文學水準考驗而篩洗下來的文章，都具有一定的內容、節奏感和洗鍊程度。而且島木的文體雖說以沉重緊迫為主，卻是充滿情感的長句。例如他對鐵窗的幾行描述，給了〈癩瘋病〉一作怎樣的靜謐感呢？

「……邊想著不自覺長嘆了口氣的同時朝天空望去，小小鐵格子窗中的遙遠天空仍泛著有如白色火焰的陽光，視力不佳的眼睛竟已不堪忍受陽光的閃耀。」

〈癩瘋病〉（癩，一九三四年），可說是存在主義小說先驅傑作。

太田的肺病和令人尊敬的同志岡田的癩瘋病，都是和思想無關的惡疾，前者的肺病若考量到貧窮或營養不良，倒不能說和思想或思想運動沒有間接關係；然而癩瘋病卻和「主義者」岡田的沉重宿命毫無關聯，儘管如此岡田並不在意肉體的崩壞，因為他所「尊奉的主義，已經溶入他溫暖的血液中，和他的生命合而為一，綿延不絕地活下去。」

至此，太田到底不敵岡田。對他而言，思想有時會被肺病浸潤，而岡田甚至能以思想超越肉體。

不過，馬克思主義真是一種連因宿命而生的痲瘋病，都能以精神救贖的思想嗎？實在很可疑。現今痲瘋病已在藥物普羅命發明後不再是絕症，這純粹是科學上的醫學成果。而當時馬克思主義不僅僅對於囚犯，就算在肺病或痲瘋病的惡劣狀況下，仍是頗有效果的救贖手段。由此看來，島木以及當時日本最激進的馬克思主義者的誠實性確實不容懷疑。此時，肉體和思想相剋終於達到極限，人們在其中接受了保持一貫且不迷失的精神考驗，結果若以頗具日本味的形式來看，馬克思主義成了不同於馬克思主義本質、更高層次的信仰。

那根本毋庸置疑，因為除了獄中被加諸肉體上的桎梏，還被引入惡疾這個存在主義上的肉體因素。而且這不單單只是寓意，島木的文體毋寧說始終保持平庸的真實性，而思想不僅在抽象性受到考驗，直到最終也受到感官、抒情性的檢驗。小說中幾乎沒有以抽象性來論及本篇的焦點「主義」本身，不如說這是個積極面的優點。換言之，這是一篇以存在主義觀點、對自身作為不容寬待的異端審問小說。賦予思想更高價值的關鍵取決在自己，所謂自己，就是直面崩壞危機的肉體的俘虜。最讓人眼睛一亮的成功典範，就是岡田那張醜陋至極的獅子面[8]。

〈盲目〉（一九三四年），描寫一名思想犯在獄中感染淋菌性結膜炎而失明的苦惱，這是和〈瘋癲病〉異曲同工之作。作品中以一種普遍性思想和因個人不幸而罹患肉體疾病間的對峙，以相當條理清晰的手法來陳述：

「然而，自己後來遭遇到意料外的不幸，這種個人的不幸到底是什麼呢？誰能知道人到底還須遭受怎樣的不幸呢？無論陷入何等悲慘境地，除非我存在於此的立足點消失，否則我絕不會捨棄自己的想法。若說我捨棄了，那也只是在自欺欺人吧！當然，如今已失明的我，在這場運動中不過是個毫無用處的傷兵。但這並不能當作非得捨棄至今所抱持思想的理由，也絕不能當作非得宣稱過去想法是錯誤的理由……」

不過老實說，這裡並沒有肉體和思想明確的對比。我很清楚這是島木文學苦行僧性格的說法，但也是有益於團體的思想；個人在經歷肉體折磨卻仍表現出過度熾熱的忠誠，其結果很明顯犯了兩個錯誤。也就是說，支撐思想的自我被極度抬高地位，使命感因而神化自我，以救贖者代理人之姿走向傲慢；這也反映出思想本身過於單純，且具有不容變更的絕對價值，導致思想溶於信仰，這是其二。兩者確實是島木文學中獨特的狂熱情感和魅力的主旋律，〈癩瘋病〉中雖沒能清楚地告白，而〈盲目〉中明確的陳述卻反倒削弱了作品的力道。這是因為島木文學的主要魅力不在於自我意識；他的文體在苦於肩負起更多紛擾不明的事物時，才能發揮最大的力量。

〈第一要義之道〉（第一義の道，一九三六年）描述一名剛出獄「思想的放蕩子歸鄉」的故事。另一方面，此作既是日本貧窮無知的母愛悲歌，也是一名把抹去母親悲慘境遇的社會性因素視為「第一要義」的兒子，卻無法適應眼前現實社會的故事。

立志於「第一要義之道」的兒子，為此愈發深陷貧窮深淵。一般人會用第二要義下

8 由於癩瘋病會侵蝕病人的神經系統，導致骨質疏鬆、肌肉萎縮，因此早年有人把癩瘋患者稱為「鷹爪、垂足、獅子面」。

的生活手段來排除生活困境；獻身於第一要義並據此維生的人，卻盡是在解決不可能解決的問題。而這些澈底專注解決問題的人，卻完全不具備第二要義下的解決能力，抑或在自身道德意識下刻意將其排除。貧困的挫敗感讓他和母親陷入比以往更嚴峻的處境，並促使他愈發朝〈第一要義之道〉前進，形成道德極度放大化的惡性循環。……作家將箇中經緯寫得淺白易懂，連瑣碎的自省都讓人讀得津津有味。

不過，高度道德化的結果就是自我封閉，他僅僅從思想的徒然中抽取向心性，而失去了提升離心性的可能。儘管如此，〈第一要義之道〉還是從遠處以清冽之聲呼喚他。在昭和初期，馬克思主義對年輕人而言到底意味著什麼？這裡有著近乎官能性的例證。〈第一要義之道〉一方面描寫了當時貧窮無知的母親典型，與令人感傷的倔強姿態；也同時生動寫下，映照在出獄青年眼中知識分子社會的世俗人情。

「反駁了又被反駁，這就是和平的景象。」

「到底在這個國家裡，還有真正能被稱為知識分子、具有思想的人嗎？」

對於知性的流俗做出如此批判，也完全符合現代知識分子的真實情況。作品中最重要的段落如下：

「他堅信接下來自己和母親兩人，會在不同時地落魄至死。——那一瞬間他突然改變心態。激情倏地消失無影，如冰雪般寒冷之物浸透過來，是平靜到彷彿沒有心在支撐的狀態。是把所有一切都丟出去，又接納所有一切的感覺。同時間，些微感到空虛的內心深處湧現銘刻於心的力量。哪怕這力量從絕望或斷念而生，如今的他也只能暫時仰賴它。」

島木健作這個人確實就在這裡。

激情之後，又平靜冷淡地接受，並由此產生新的力量。激情就是思想，力量就是生命。假如兩者最後能合而為一，「第一要義之道」將就此打開，在「政治」上是積極地結合，在「自然」為消極地結合。對作家而言，從用盡所有努力也無濟於事的社會最底層湧出生命之泉時，就有了再一次夢想的可能性。關鍵就在於提高到極致的緊迫思想，被無情地踢下神壇，並於最底層觸摸到「自然」的岩層。這正是被視為其晚年傑作〈黑貓〉、〈赤蛙〉（一九四六年）的主題。

我這次重讀當年名聲極高的小品名作，並沒有太多感動。而對於不清楚他人生遭遇的困頓與艱難的讀者，要在以動物作為生命寓意的日本近代文學之外讀出更多島木文學，我認為是有困難的。

他曾和倒向戰爭的日本命運共同經歷那段苦難，卻在戰爭結束的兩天後離世。

圓地文子

〈女坂〉——

這部小說被認為是圓地直至目前為止最傑出的作品，並有著傑出作品的普遍特質。此次重讀，仍是驚嘆讚賞不已，忽地覺得此作難道不足以比擬志賀直哉〈暗夜行路〉，作為流傳後世的古典之作嗎？若不論〈暗夜行路〉之優劣，它在典型戰前日本男性感知和意志力的表現上，是一部見證之作；相較之下，〈女坂〉則是戰前日本女性的感知和意志力典型，也堪稱一部見證之作，兩部作品都客觀透過一個時代的歷史，緊追人性的祕密。兩作不僅相得益彰，也首次對「日本人到底是什麼」的大哉問做出回答。

〈女坂〉中一直存在的背景，就是恣意而行、踐踏世俗道德的男性白川。作家將白川描寫成極富魅力的人物，而他身上原本就懷有的男性自我主義（egoism），若倒過來看，就是〈暗夜行路〉主人公時任謙作乍看下潔癖的心理狀態。在此意義上，〈女坂〉是研究「日本女性」心理狀態無與倫比之作。

就算不提這些，這部小說也把明治時期的風俗人情如實呈現在讀者眼前，綿密的細部描寫，讓我們彷彿和小說人物生活在同樣的時代中。風俗描寫、服裝描寫，每一部分作家都做足了準備，開頭就出現了「淺草花川戶」、「鐵仙蔓花」、「連子窗」、「花疊紙」、「嘭嘭」、「繼羅宇」、「銀杏返」、「絎台」、「針坊主」、「濱縮緬」[1]等一連串傳統語彙，把我們引入那個世界裡。和所有生活細節皆冠以日本「稱謂」的時代相比，現代可說已失去了那樣的傳統文化。所謂文化，是在種類繁雜的諸現象統一而來的美感意識下所給予的「稱謂」。其中女人內心的動搖或對話自不待言，連男人的隻字片語，也使我憶起幼年時仍殘留的明治東京人生活。例如，白川想讓學生[2]紺野的雙親前來東京遊覽，為了帶小妾須賀同行而故意說出這樣的藉口：

「若只有仍在修習學問的紺野一人，令尊令堂恐怕也會有所顧慮吧。」

我確實曾親耳聽過這種上流社會風格的歪理。另外，岩本明知由美是白川的小妾卻還是娶來當妻子，像這種類型的男人，我身邊也確實存在。

女主人公白川倫、小妾須賀、媳婦美夜三人，都有長篇小說中獨有的平鋪直敘描寫，但三人的變化也讓讀者內心愈顯沉重。開頭登場的倫，她寂寞而一絲不苟的性格，和死前躺在床上，有如使勁拉開一把弓般射出箭，完成了華麗而戲劇性的變化；第二章開頭，描寫美夜如夢般的出嫁場景，卻在日後成了淫蕩的女人，最終以意想不到的方式死去；須賀原是一名惹人憐愛的少女，卻慢慢長成了陰沉灰暗、如幽靈般的中年婦女。作家對三人描寫之生動，就像是自己的親身經歷。甚至對於無可挑剔的倫，作家以學生紺野的觀點，毫

1 由「淺草花川戶」到「濱縮緬」依序為：淺草繁花街的町名；鐵線蓮；斷面是方形或菱形細長木條並排直立成列的窗子；以紙折疊橙花形可盛物的摺紙；ボンボン為擬音語，此處即時鐘；菸管的一種；銀杏返し，當時一種女性髮髻梳法；裁縫工具；針插；長濱生產的一種布料。

2 日本稱為書生，指明治、大正時期寄宿他人家中修習學業的學生。

不留情地加以批評。儘管如此，倫從苦惱中萌生的宗教意識，在小說中寫得具有如此說服力實屬罕見。

對於倫在最後只留下一句「屍體就隨便丟進品川大海」的嚴厲遺言，雖是作家一筆一筆堅定地重複描寫，但我更欽佩的反而是她在後半部描寫須賀抑鬱寡歡的細膩手法。

須賀雖以「所有事物都無法順暢流動，自己被堵塞的身心有如水溝般骯髒」來自省，這個被澈底當成玩偶的可憐女人「無法排解的情緒如夜裡黑冷的降雪，只能靜靜堆積」，有時只能「像用力壓住疼痛的牙根般痛快」，體驗短暫的解放感。須賀是小說中消極的女性，她一生的悲劇肇因於白川的隨心所欲及共謀者倫的道德觀，並以偶然間被選中作為開端；卻也因為須賀，〈女坂〉具有一道堅實的雙重結構。也就是說，倫的悲劇在面對須賀時會失去邏輯的一貫性：一方面，同樣身為女人的悲劇而崩解；另一方面，倫的道德觀完全受到白川的道德觀影響，於是女主人公潛藏的苦惱與無可奈何的矛盾就此暴露出來，這又成為倫後半生宗教意識的開端。

作家一邊傾全力描寫張力十足的場景，同時若無其事地在細節上觸及異樣的真實。其中有個例子，看來成熟溫順的美夜，婚後不久即遭受丈夫的暴力而引發歇斯底里，倫以「向美夜尋求同樣身為擁有不幸命運的女人共鳴」，卻刺激衝撞到美夜內心冷酷堅硬的一面；此外，同為妾身的由美在婚前之夜和須賀談話中「我們真是太認真了」、「所謂大善人的小妾」，快活的幽默中卻意義深遠。

整部小說描寫的雖是滿懷抑鬱女人們的陰暗生活，作家的筆觸卻相當豐美。而且每一筆毫不鬆懈，這也使得作品具穩定的存在感，並呈現說不出的繁茂。我想原因之一，來自作家在連綴各種場景時對語彙的仔細挑揀，這種微妙分別和存在感十足的詞藻，無疑得自作家在日本古典文學的教養。每個語彙都如家傳珍物般擦得光亮，也要歸功於她決不擺出任何生硬語彙才能臻至如此景致，今後的日本文學可能再也看不到了吧。

〈女面〉——

如果〈女坂〉是具普遍特質的傑作，〈女面〉則是異於流俗的傑作。就所謂文學史傑作的意義上，相信喜愛此類作品的讀者也不少。這裡運用了極端的故事性方法，進而深化作家的美學和思想，並使教養和感官合而一致，同時朝頹廢的意志傾斜……諸如此類的嘗試於焉大膽展開。〈女面〉就人性的感動上也許不及〈女坂〉，若不論優劣，卻是比〈女坂〉更具文學性的作品。或者可說更適合以〈女面〉去探究圓地的真正資質，充分領略其頹廢派的經歷，而圓地的文學觀也在此更明白地顯現出來。若硬要說小說的瑕疵，故事中的對話稍顯平庸，特別是男人間的對話，乏味毫無光彩；不過原本小說中的男人角色就只是哀愁的道具，作家可能也是不得不如此。

對於〈女面〉中面目模糊的女主人公栂尾三重子，作家總是以恰到好處的曖昧筆觸來描寫。一開始以「老派的得體和典雅的風趣」的抽象形容起始，在描寫美麗的泰子的背景時，緩緩地和令人害怕的能劇面具交疊，藉由引用〈野野宮記〉六条御息所[3]的面貌如影隨形，再慢慢插入如下敘述，一一解開三重子的祕密：

「那時伊吹猛然想起，儘管和栂尾三重子見過好幾次面，卻對她的容貌並未留下鮮明印象一事感到不可思議。（中略）三重子的臉龐白皙，輪廓相當柔和，記憶中只留下這樣的臉。硬要說的話，她的臉彷彿能劇的女面[4]，除此之外再也想不起來了。」

「阿遊（ゆう）凝視著三重子，儘管這張臉早已看了數十年，卻感覺三重子的臉逐漸消失在茫茫白雲中。」

「三重子的臉以花吹雪[5]為背景，看起來像生鏽的銀器般黯淡。」

在這樣的困惑中，三重子的形象就凝結於作品題名的「女面」。小說各章冠以能劇面具名，宛如隔著能面般難以掌握那位於內面、女主人公心中的祕密，而插入的〈野野宮記〉卻如鑰匙般解開謎題。這部作品精緻巧妙的藝術性手法可說獨一無二，而且非常成功。

〈女坂〉雖已緊扣並追上感知性的主題，但作家更嘗試把〈女面〉提升為一道思想，從插入〈野野宮記〉的手法可知其意圖非常明顯。〈女坂〉因此失去了所具有的現

3《源氏物語》主人公光源氏的情人之一，因妒忌而生靈出竅害死光源氏妻子葵之上。

4 能劇是日本獨特的舞臺表演藝術，配戴面具演出，面具又稱為「能面」，種類繁多，分為鬼神（天狗、神靈、惡獸、鬼畜等）、尉面（老人）、翁面（正月或特殊神聖儀式才會用到）、男面、女面、怨靈六大類。

5 形容如飛雪般的落花。

實性，我認為這毋寧是作家的冀望。倫在〈女坂〉中鮮明的人生悲劇，至此開始移轉到更高雅的美學，戴上女面時，彷彿從寫實的猿樂[6]昇華至能樂，圓地在〈女面〉的某些描寫確實更近乎能樂中凍結的官能性。由此立場看來，身為小說主人公的三重子可說是特別的藝術創作吧。

亦即在圓地心中，倫的人生悲劇，以及此處欠缺的典雅而神祕的官能性，無論哪一方都難以捨去，無論哪一方都必須充分表現不可。倫不具文學教養，在愚昧中生活，一生都在壓抑奔放的性慾；三重子則是一名有教養的藝術家，卻企圖表現出可怕的性慾。〈女坂〉和〈女面〉二作相互輝映，也是構成作家圓地文子形象難分高下的傑作。其他就只是讀者自身的喜好罷了。

然而〈女面〉是遠比〈女坂〉更危險的作品，若是其後圓地作品中有任何被稱失敗之作，失敗原因就在於〈女面〉雖幸運地保持著危險平衡，但作家本身卻受這部奇特傑作詛咒所致。

〈男人的品牌〉（男の銘柄）——

圓地在此又表現出難以想像的一面。她在〈奪朱之物〉（朱を奪ふもの）中談過對頹廢主義藝術的嗜好，直截了當地說就是對草雙紙[7]的喜好。若說草雙紙給人強烈而簡潔的印象，不如說更接近王朝[8]末期的頹廢作品〈希望替換物語〉[9]那種無休止的糾纏。

小說也捕捉了流行在女性間的股票風潮（諷刺的是小說連載期間股市大暴跌，這股狂熱又倏地結束），就此意義上，股票讓女性開始有經濟能力，得以反抗男性優勢的社會。儘管得以窺見諷刺世態的面向，氛圍中仍帶著老派的陰鬱，果然還是讓人想起了草雙紙的時代。那種諷刺和八文字屋本[10]般的爽快嘲弄全然不同，其痴情的世界和人情本[11]無

6 日本中世的表演藝術之一，現代能樂的原型。
7 盛行於日本江戶時代中期之後，以假名書寫並附有插畫的通俗小說。
8 意指日本天皇握有政治實權的時代。
9 原文為「とりかへばや物語」，為日本平安時代後期的趣味故事書，作者不詳，內容敘述把女兒當男孩養，把兒子當女孩養，及其成長後發生的事。
10 狹義上指京都八文字屋出版的浮世草子，廣義上則指稱同時代具八文字屋風格的浮世草子。

止盡的遊戲性、滿不在乎的情痴有所差異，無論在邪惡性、在殘酷性，甚至那些戲劇性趣味，都讓人想起馬琴、京傳、京山、種彥等人的合卷[12]。雖然〈男人的品牌〉中沒有出現什麼幽靈或神獸，不過我感興趣的是，在戰後的今天竟能如此把富草雙紙趣味之作連載於週刊，這也代表了作家對於自身成長過程和教養的任性執著，並大膽將其形諸於社會的過程。那與其說是作家的率真，更可稱之為作家自身「色情的社會化」嘗試吧。

在這唯一的嘗試中，自然難以顧及賦予登場人物各自的真實性等設定。一切雖是作家有意識的行為，卻是當代中間小說中罕見濫用偶然性之作，最後甚至彷彿歌舞伎似的連殺人場面都出現了，就這一點來看倒是從一而終。

「花輪如此一想，身體突然有如好幾隻小老鼠流竄般亢奮起來，攀上了梳妝衣櫥。」

作家書寫時，雖以技巧高超地掌握變態而悲痛追求倏地升起的肉慾，其腦海中應該也同時浮現出〈雷幸藏轟咄〉中，虐殺無辜侍女野菊的阿谷、被從埋屍的井中竄出鼠群啃食而亡的場景吧。

里枝的肉體描寫也是戲劇性高潮中十分必要的橋段，從露天溫泉「起身爬上鄰近的岩石」；在夕陽餘暉中有如「黃金女神」般閃耀光輝。

像這類描寫在小說中不勝枚舉，而我感興趣的是竟兩度模仿小偷行徑名為小森的惡人，這是無論哪個現代作家也不敢書寫的、如草雙紙般趣味洋溢的小壞蛋。

不過，合卷和〈男人的品牌〉之間決定性的差異，在於合卷善用常見的既有道德感和自暴自棄的幽默，這點是〈男人的品牌〉所欠缺的。把一切忠孝仁義知信禮，毫不保留地澈底抹除。

圓地在〈女坂〉裡，把既有道德中的人物形象美化得淋漓盡致，卻夢想日後有機會闊步在合卷般無道德的世界。我固然可以理解她這種心情，不過此時作家雖企圖再現草雙紙，卻失去了草雙紙作家的兩項重要武器：那就是利用既有道德，以及男性的幽默。

11 為日本江戶時代後期至明治初期，江戶當地出版的各種讀物中以庶民戀愛為主題的讀本通稱，廣受當時婦女歡迎。

12 原文為合卷物，曲亭馬琴、山東京傳、山東京山、柳亭種彥都是江戶時代劇作家。合卷物是流行於江戶時代晚期的一種草雙紙，由於情節複雜增為數冊，數冊為一部故事通稱合卷物。

換言之，要成就這種出人意表之作，既要身處無道德的世態，而作家在憑藉這點的同時，為求增加創作中怪誕重口味，更應善用手邊已失去的既有道德這一點，因此現代草雙紙作家背負著相當不利的條件。

〈貧窮歲月〉——

讀到〈貧窮歲月〉（ひもじい月日）如此優秀的短篇小說，我如今更對圓地這位作家的寫作廣度，及其才能的多樣性感到驚嘆。

雖是日本小說中常見的貧窮故事，圓地獨特的絢爛夢境在女主人公臨死前出現在她眼前，殺人計畫也是由最開朗、漫不經心的小兒子說出口，對於大女兒阿勝的性格描寫點到為止卻仍栩栩如生，後段阿作（さく）的心境變化也擊中了人性真實面。這部作品還是能看得到〈男人的品牌〉中的某一面向，但圓地對這樣的「真實」似已成癮。這就是圓地的「詩與真實」，無論捨棄何者，就無法掌握住真正的圓地文子，這我在前面已經談過。

〈耳瓔珞〉——

結尾令人想起利爾—阿達姆的短篇作〈闇之花〉（闇の花）。已失去生理現象的女人（手術後竟使用「死口」[13]這般可怕的用語！）拒絕與沒有感情的丈夫交歡，將這些事全交給小妾；對西畫家高梨的愛逐漸消失；在工藝品匠師次之前則扮演冰山美人的角色，並導致了他的死……在墳前上香時，從偷盜墳前供花的少女得到如此感懷：

「逝者之花，變成小女子明日食糧。」

最後以仰望西方天空、做出工作用飾品的場面結束。不過，相較於因肉體和生理之死而生的荒瘠藝術品成為毫無所悉世人生活妝點的寓意，女主人公喪失生理機能而緊密

13 巫女招喚亡靈的用語。

開展的情節，則具有心境小說[14]般的趣味。

〈二世之緣　拾遺〉——

上田秋成《春雨物語》中的〈二世之緣〉是這部小說成形的關鍵。如今，日本近代文學研究家中村幸彥為了對〈二世之緣〉原作感興趣的讀者加上注解，他說這是秋成「一生佛教觀的作品化」。他曾在《諸道聽耳世間猿》卷二〈宗派是一向盲目的信仰者〉「以世俗信仰結果招致不幸為旨趣的一章，預備提出對佛教的不信任」之外，同樣的例子在〈膽大小心錄〉中可以看到，他說「從過去、現在以至未來的輪迴說法並無根據，佛教對現實生活毫無益處，佛教的修練不能奏效，已有事實可證」，這好像也暗示了圓地的宗教觀。

依據中村教授的校訂，岩波版日本古典文學系列《春雨物語》，以富岡本和天理卷子本為藍本，雖也收錄〈二世之緣〉，不過戰前無論是富山房的「名著文庫」，還是富山房百科文庫的《上田秋成全集》都只依據富岡本而成書，所以這部《春雨物語》並不包含〈二世之緣〉。因此，儘管有些讀者知道〈二世之緣〉為《春雨物語》中的一篇，作者仍讓「我」說出：

「其實我……不知道《春雨》裡有這樣的故事。」

〈二世之緣　拾遺〉是圓地的傑出短篇之一，小說中一句「子宮突然叫了起來」非常有名。主人公在夢中被男人挑逗後，尖尖的犬齒觸碰到「我的舌頭」，所謂「那確實就是丈夫的牙齒」的描寫，讓人備感陰森之氣。

如此以賣弄學問來添加趣味的短篇小說，芥川龍之介也很多，不過比起芥川的學者派頭，不論就官能性或陰森氣而言，〈二世之緣　拾遺〉遠比芥川那些作品高超許多。

14 私小說的一種，描寫作家抒發心境，以及對透過美所見世界的探索，志賀直哉〈在城之崎〉、尾崎一雄〈蟲子二三事〉、島木健作〈赤蛙〉均為此類作品。

秋成的〈二世之緣〉原本就稀奇古怪，是有著不可思議餘韻的怪作。圓地根據此作補上女人玄妙的性慾，創作出深富趣味的怪奇故事。

「定助！定助！這是……」

在最後浮現的恐怖中，布川先生與丈夫的影像重疊，又和自公司返家的平凡黑外套男人影像重疊。在此，定助成為所有男人愚昧和煩惱的象徵人物，身為女人的「我」冷冷凝視一切，卻一如既往地永遠追尋定助的愛慕之情。此時，自「二十歲守寡」的「我」在生理上的失落感，冷酷地看清男人無論如何也不想看清男人自身的真相。過去引誘「我」的布川先生，如今衰老到在自己眼前拿著導尿管導尿。靜靜觀看這種變化的「我」，心中因此認為已看透一切了吧？其實並非如此，「我」再度成為受男人侵襲幻覺的俘虜。入定後最終得以永生而結二世之緣的定助，就這樣成為女人之身，「我」的身上也有他的投影。

後記

收錄在這本書的作家評論，除了已出版的《林房雄論》外，全都是為各種文學全集所寫的解說。我原本並不喜歡依靠解說來讀近現代文學的風潮。自己卻又勇敢接受撰寫解說的邀稿，態度上看似矛盾，實則是反過來利用自己不喜歡的風潮，一來這是再次玩味和重讀諸家名作的機會；再者也是借解說之名來累積作家論的稿件，所以才會接受。因此我寫的解說，從一開始就不親切、也不夠完整，既沒有文學史的敘述，也沒有介紹作家的個人經歷，而是直接深入作品，透過作品，凸顯諸位作家的特徵。在這種情況下，我會故意以任性的態度，也未必會注意到是否公平。最明顯的例子，就是新潮社日本文學《谷崎潤一郎全集》的解說，我為了避免和其他全集的解說重複，把不過是短篇的〈金色之死〉當作焦點，始終就〈金色之死〉進行論述。為什麼呢？因為我打從一開始，就打算採用這本書中評論作家的方法。

把《作家論》當成文學評論來讀的人，也許會質疑我對所有作家都太過肯定。不過以我頑固的態度，一概不接受不喜歡的作家的解說邀稿，真是無可奈何。這當然不意味著未收錄在本書的作家我都不喜歡；如果喜歡的作家出了全集，在那之前沒被請託撰寫解說也沒辦法。

如同刑警對待嫌疑犯一般，從最初就以冷淡猜疑的眼神看待諸作家的《作家論》，未必都能夠成為犀利的批評。若是在非讀不可的狀況就另當別論，一般來說，我不讀討厭作家的作品，只讀喜歡作家的作品。因為是喜歡的作家，他的作品也會讓溫暖的心胸敞開。我相信自己一旦投入作品中，完全就依照作家的引導，以無私的態度在作品中散步，若不如此原本所謂的文學批評也不會成立。有很多偽裝成非政治主義、卻大費心思做出政治主義性的批評。何況是來自意識形態（ideology）的批評，那些就不在討論範圍。

這就是我的基本態度。我從來不曾有過從一開始就積極否定之類的想法。從否定當中挑選出肯定的，這種事倒是有過。而一旦發現從中挑選出的作品有被批評的意義，就達到了本書的目的。

另外，這本書與可稱作我個人評論的《太陽與鐵》，同樣是我少數評論工作中的兩大支柱。

昭和四十五年十月　三島由紀夫

解說

三島由紀夫的「作家論」和「文體論」

關川夏央

三島由紀夫於一九六〇年（昭和三十五年）秋天出版《宴後》，戰前的外務省官僚有田八郎在一九五九年四月，以社會黨候選人二度參選東京都知事選舉，最後敗選。《宴後》就是三島以有田及其再婚對象，也就是高級料亭「般若苑」的女老闆畔上照井為原型人物，描寫這場黃昏之戀，以及女性和政治糾葛的社會小說。

不過，這本頗具企圖心的小說幾乎被整個文壇忽視了。此作和長久以來日本文學特徵的「內在面」描寫毫無關聯，作家無法處理顯然為非通俗小說之作，才是真正的原因吧！不過，本書在發行數月後的一九六一年三月，有田八郎以侵害「隱私權（privacy）！」提起民事訴訟，控告三島由紀夫和新潮社社長。當時「隱私權」還是一個新名詞，後因這場「隱私權審判」而膾炙人口。也正因如此，《宴後》作為「社會小說」和「政治小說」的本質並未受到重視。

原告有田八郎在法庭上對被告三島由紀夫公然說道：「以我為原型而寫小說，若是鷗外或漱石等作家姑且就算了，不過卻是不值得矚目的三流作家……」被指稱為「三流作家」的三島由紀夫，當時三十六歲。

有田八郎見要求三島由紀夫和新潮社刪除兩個段落，一是他指稱影射自己的主人公毆打妻子；另一個場景是主人公選後和妻子離婚，妻子為調度重建料亭資金，拿著捐款簿請疑似吉田茂首相的人物第一個捐款。

一九六四年九月，民事裁判最終判決三島和新潮社敗訴，三島一方即日提出上訴。不過一九六五年三月四日有田八郎逝世，同年十一月二十八日兩方達成和解，《宴後》不必刪除完整版可以繼續出版。

審判進行中的一九六三年五月二十九日，中央公論社社長嶋中鵬二和兩週前剛寫好《午後的曳航》的三島由紀夫取得聯繫，打算拜託他擔任近期即將展開的企畫《日本文學》編輯委員。

一九六〇到七〇年代的出版界景氣大好，尤其是文藝出版的全盛期，各出版社競相企畫文學全集。中央公論社《日本文學》編輯委員，除了三島外，還有川端康成、大岡昇平、高見順、唐納德・基恩（Donald Lawrence Keene）、谷崎潤一郎和伊藤整。這些人大多生於明治時代，大正時代出生的只有唐納德・基恩和三島由紀夫兩人，而且三島還比基恩小三歲，為當中最年輕的編輯委員。不過在《假面的告白》出版、號稱「第一位大正出生的作家」的一九四九年以來，以至石原慎太郎和大江健三郎出現為止，持續是「文壇最年少」的三島，毫不退縮地承諾擔任編委。

編輯委員的任務，首先要考慮誰可以列入《日本文學》，然後選定各自推薦收錄作家的作品，而且要擔任卷末解說的執筆者。

第一次編輯委員會議在紀尾井町的料亭福田家召開，由於是近乎見面會的儀式，因此很少委員缺席。正式的會議從第二次開始。發生糾紛是一九六三年七月十七日的第三次會議，編委們對於是否將松本清張列入「日本的文學」意見分歧，最為反對就是三島由紀夫。三島強硬表示如果列入松本清張，自己就要辭去編委，甚至謝絕「日本的文學」中三島由紀夫之卷。

松本清張長年服務《朝日新聞》西部本社擔任版面設計等職務，一九五六年離職後成為專職作家。雖然遲至四十六歲才出道，從五七年到五八年寫作的《點與線》、《眼之壁》、《零的焦點》全都是暢銷書。雖說是推理小說，卻以戰敗後混亂期的陰影，以及官僚的專制蠻橫為背景，因此被稱為「社會派推理」。另外，犯人和警探經常使用當時運輸力大增的國鐵在日本全國移動，為戰後重建邁向高度經濟成長過程中掀起的旅行和出差潮，因而大受歡迎。文壇中，也出現像平野謙這種大為推薦清張作品之人。

一九六〇年，松本清張出版《日本的黑霧》。這是在戰後不久頻頻發生的下山事件、松川事件等，一般認為是占領軍為因應韓戰所策動下，也就是所謂陰謀史觀的產物。同年，《美日安保條約》修訂之際，此作也在急遽升高的民族主義和反美情緒下廣受歡迎。

不過，三島由紀夫對於松本清張的書不予置評。他不認為在「官僚做壞事」、「政治背後有一個掌握極大權力的黑幕」、「歷史以陰謀在變動」這些思考下所寫成之作，就是「社會派」作品。

三島由紀夫也有《愛的飢渴》、《青色時代》、《金閣寺》等「事件小說」。不久之後，這些作品發展成以青年群像描寫時代和社會的企圖心大作《鏡子之家》。他在進一步描寫女性和政治關係的同時，還有將舊派知識分子的軟弱挖得體無完膚的《宴後》，並進展為描寫現代日本奇妙的家族、及浸淫其中的年輕人和以「在天空飛的圓盤」為主題的《美麗之星》。他在擔任中央公論社《日本文學》編輯委員後不久，就著手撰寫以日本家父長制度的失敗為主題的《絹和明察》。

這些都是試著以現代日本自身作為小說形式的「社會小說」或「全體小說」。然而文壇和讀者反應冷淡，彷彿只有三島本身的華麗演出才會受到注目，令他備感不滿。因而對於被稱作「社會派」且寫出通俗故事的「社會派小說」開拓者松本清張，三島有著不共戴天之恨。

三島由紀夫從很早以前，就討厭力爭上游的地方出身作家。這也是他討厭松本清張的理由之一吧！

他的矛頭率先指向了太宰治。

一九四七年一月，三島由紀夫成為專職作家的前兩年，剛滿二十二歲的他和近十名年輕人去見太宰治。那是一個酒席場合。太宰治坐在上座，以詼諧的口吻說笑炒熱氣氛。三島從文學界青年之星的太宰手中接過那杯不能喝的御流[1]時，問起了森鷗外的文學。太宰治支吾其詞顧左右言之：「我不在乎鷗外，但是不喜歡全集的插圖照片上穿軍服的姿態。」三島是在八年之後才開始鍛鍊肌肉，消瘦的臉龐氣色很差，唯有眼睛睜得老大。當時三島的視線直盯太宰，眉頭動也不動地說道：「我討厭太宰先生的文學。」

一瞬間，全場的空氣凍結了。被如此批評的太宰吐了一口氣說道：「討厭的話，不要來不就好了嘛。」隨即把頭撇到一邊。不過馬上又正色道：「雖然這麼說，既然來了，就表示喜歡啊。嗯，果然還是喜歡啊。」當場把此事敷衍過去。

三島雖然承認太宰是一名技巧出色的作家，卻厭惡他的「鄉下文學」。加上剛出版的《斜陽》中刻畫的舊華族生活和說話時的用字遣詞，和三島在學習院讀中等科、高等科時常接觸的華族形象實在相距太遠。所以三島特地跑去參加酒席，為的就是說出那句「我討厭太宰先生的文學」。

太宰治揭露真實的人生，也假裝揭露真實的人生，尤其是那強調自身弱點的手法。三島辭去工作了九個月的大藏省，保持最佳狀態著手寫作，兩年後出版的《假面的告白》，其實就是同樣手法的作品。就這一點來看，三島之所以討厭太宰，可以說是對同類作家的反彈。

另一方面，三島對於和太宰同年出生的松本清張的感情並非如此。原因還是來自對「陰謀史觀」所生的不協調感，還有把高級官僚一概寫成壞人角色及缺乏真實感的「黑幕」，三島對清張的厭惡是澈底的執拗。

一九六三年四月，即《日本文學》第三次編輯委員會議的三個月前，三島和清張曾碰面，那是在河出書房《現代文學》全集出版紀念座談會上，川端康成、井上靖也有出席，當時的座談內容刊載於《文藝》雜誌上。三島行事一向嚴謹，事前肯定讀過清張的多數作品。可見他對清張的反感，不僅僅在於當面談話時得來的印象。

一九六三年七月三十日的第四次編輯委員會議，三島對於拒絕列入清張的想法仍然不肯退讓。大岡昇平、高見順和三島持同樣看法，認為可以換成谷崎潤一郎。不過，把勢不可擋的清張列入全集以確保提升銷售量的做法，不僅是中央公論社，當時的出版社

1 原文為「お流れ」，意指酒席上從貴人或長輩手中接過杯子，並接受對方倒酒。古時則是直接把杯中喝光杯中剩餘的酒。

都抱著如此想法。為此社長嶋中鵬二還起身離座，以個人立場懇求三島。即便如此，三島的態度仍未軟化，結果決定以柳田國男替代松本清張。

《日本文學》各卷的「解說」中，身為編輯委員的三島由紀夫負責撰寫六篇。這套全集並非從第一卷依序發行，三島於一九六四年三月率先寫完第三十八卷〈川端康成〉。川端是最早肯定三島的作家，所以也可說理所當然，不過從他寫的評論裡感受不出熱情。看來恩情是恩情，川端的作品或生活態度都離三島很遠吧。

接著是第二卷〈森鷗外〉（一九六六年一月）、第四十卷〈武田麟太郎・島木健作〉（一九六八年八月）、第四卷〈尾崎紅葉・泉鏡花〉（一九六九年一月）、第五十二卷〈尾崎一雄・外村繁・上林曉〉（一九六九年十二月）、最後是第三十四卷〈內田百閒・牧野信一・稻垣足穗〉（一九七〇年六月）。內田百閒等人的「解說」，是在三島驟死的五個月前所寫。

除了前述收錄在本書《作家論》的文章，〈谷崎潤一郎〉是三島為谷崎的個人全集（一九六六年十月）和《新潮日本文學》第六卷（一九七〇年四月）所寫；〈臨終之眼〉是為川端康成個人全集第十三卷的月報（一九七〇年三月）所寫；〈圓地文子〉是為河出書房版

《現代文學》第二十卷（一九六四年四月）所寫。戰前從共產黨員轉向的林房雄，其身為作家的生活態度曾影響三島。不過後來過度潔癖的三島竟疑心他在個人原則和金錢授受上的道德風險[2]。這篇〈林房雄〉最早刊載在雜誌《新潮》（一九六三年二月），此外的所有解說都是月報的連載稿。

讀者在閱讀這本《作家論》時，應該特別留意一九六〇年代出版界景氣好到異常的發行全集風潮。

接著，我們可以從三島由紀夫對於可說是神往的作家森鷗外的評價、泉鏡花的喜愛，以及被視為和三島相當疏遠的尾崎一雄作品的「閱讀分析」等，來了解三島由紀夫其人。

三島被有田八郎斥為「三流作家」時只能苦笑，而「三流作家」的強烈對比是「鷗外・漱石」。

---

2 Moral Hazard 一詞雖來自外來語，但此處指稱「道德上的不足或未盡社會責任」，是日本獨自衍伸出的涵義。

然而有關漱石，三島由紀夫如此寫道：

「（在時代變化的影響下）至少鷗外確實已不是『自明之神』，反而是『更具通俗性』的漱石依然受到年輕世代的歡迎。」

「所謂『更具通俗性』的評價，並非我個人的想法。至少對於我所成長的世代來說，『理解鷗外的作品』是作為判斷文學上趣味的基準。漱石當然是一位大文豪，但比起鷗外，一般人認為他的作品更容易理解，也『更具通俗性』。」（〈森鷗外〉）

所謂「通俗」，在表現漱石的主題「現代是什麼」、「現代日本是什麼」之際，就是指大量放入金錢和戀愛的小故事吧。

然而從另一面來看，若說文學的「非俗」即是喋喋不休訴說「內心」問題的話，那麼鷗外不同。雖然鷗外不「通俗」，卻也不屑一顧日本人從大正時期以來所誤解的文學。而且他以超人的克己之心，兼顧其軍人職務和文學事業。鷗外的生活方式、行事風格及其文體，都足以讓三島由紀夫嚮往不已。

三島又繼續說道：

「（鷗外）和浪漫派的長髮完全不同，也和繫著稱為波希米亞式領帶賴在咖啡廳，或穿著皺巴巴衣服泡在小酒館不走的那群人，以及賣掉妻子、當掉被褥的流浪漢完全不同。鷗外，首先就是一個『智能卓越的人物』。」

如今，三島毫不掩飾其厭惡形容的「偽惡的文學者」、「浪漫文學青年」早已過時了。不過另一方面，人們其實並不欣賞鷗外那種堅固又清晰的文體。

儘管赴德留學，鷗外的文體卻具有「泛歐洲的拉丁式地中海的氣味」。因此鷗外的日語「簡潔鮮明」，他在大正以後偏好撰寫歷史小說，可是並非「德川封建制度下醬缸且暗淡的漢學味道」，而是散著「奈良時代甫傳入的支那文化那新鮮且時髦[3]的芳香」。「融合東洋和西洋兩種時代、地域的時髦而成的文體」。三島宣稱自己醉心於這般地道且純粹的日本文體中。

所謂「新鮮且時髦」，是從西方帶回來的生活態度，現今早就沒人用這個說法了，若要改稱「摩登主義」（modernism）也可以。這是三島由紀夫最高的讚美辭，甚至也可說是一種「信仰的告白」。

三島由紀夫於一九四五年五月，因東京帝國大學法學部集團勤勞動員[4]，被派到神奈川縣高座郡大和的海軍工廠。三島由於體格較弱不用前往現場，而是和罹患肺結核的學生一起擔任事務工作。〈海角物語〉（岬にての物語）是他當時打算作為「遺稿」，從七月九日起稿的短篇小說，寫作期間適逢終戰，後於八月二十三日完稿。

二十歲的三島由紀夫，從幼年前往千葉縣外房海岸的經歷構想出這部短篇，並在開頭寫道：

「其性格傾向單調而衰弱，如今仍頑強地活著，我從幼年到少年，就有著為了夢想耗費漫漫春日[5]也在所不惜的脾氣。對於不曾受夢想影響而體驗特殊生活的人而言，夢想除了危險之外什麼都不是。祖母和父親很憂心我的未來，又好像高估了我原本的智識，他們認為要讓我的智識覺醒，必須先除去如黏縛住年幼蜻蜓翅膀、置之不理直至死去的蜘蛛網般的夢想，再協助我恢復原本自由飛翔的能力。」

這就是戰時早熟青年還不成熟的「新鮮且時髦」的文體。

同年二月，三島硬是前往父親的戶籍地兵庫縣的農村部，混在身強體健的當地青年中接受兵役檢查，後因軍醫誤診而免於入營。雖說是幸運，但對於那純潔之心缺口的自責意識，直到多年之後還持續苦惱著他。

太宰治和女性投水自殺兩個月後的一九四八年八月，三島從大藏省儲蓄局自願退職，步上專職作家之路。同年十一月二十五日，開始起稿帶有濃厚自傳色彩的長篇小說《假面的告白》，翌年四月完稿，起初賣得並不好，直到五〇年後漸漸獲得好評。不過其

3 此處原文為ハイカラ，語源是high collar，於明治三十一年（一八九八年）《東京每日新聞》首度使用後蔚為一時流行語，意指來自西方的生活方式或追求時髦的人等。

4 「集團勤勞奉仕」為日本在二戰期間人民支援國家戰爭的方式，包括在車站協助搬運前線軍隊行囊的少年工、為日軍製造槍械零件的中學生等，當時甚至部分學校教室也成為軍需品的生產地點。

5 原文為「永の一日」，源自日本俳句的季節語，形容春季來臨，白晝時間比冬日更漫長。

聲望，大多歸因於有著戀愛或同志愛傾向的「通俗性」。

這一年，三島由紀夫寫下短篇小說〈星期天〉（日曜日），為描寫任職大藏省金融局的二十歲男女同事，關於國家公務員特考資格的計畫性戀愛及不幸意外的作品。其開頭寫道：

「兩人有許多相似的特徵。剛說的同年出生是其一；本俸三千零九十六日圓加上津貼總計薪資四千九百一十日圓，這點是其二；此外在人前人後都是默默努力工作，這是其三。」

這可以說就是鷗外的文體。

兩人前往相模湖郊遊歸途中，在極為混亂的假日國鐵月臺上被人潮推擠，手牽手掉落軌道。此時正好一輛列車進站。

這是小說的最後。

「於此，不知來自何方的恩寵降臨，列車的車輪恰好將兩人的頭分毫不差輾過。受到這樁悲慘事故震動的列車車輪一開始向後退，戀人的頭整齊地並排在軌道碎石子上。眾人似乎都對這手法感到佩服，甚至想讚美司機那令人驚嘆的技術。」

這裡不是森鷗外，而是過了二十歲還活下來的拉迪蓋[6]般年輕的諷刺文體。此時，三島決定若是自己使用單純的文體日趨成熟後，就要改寫〈達夫尼與克羅伊〉[7]的故事，這個念頭在一九五四年、三島二十九歲時實現了。那就是《潮騷》。

《潮騷》的最後部分：

「年輕人露出美麗的牙齒微笑了。然後，他從襯衫的暗袋裡，拿出小張的初江照片

6 Raymond Radiguet，一九〇三～一九二三，法國小說家、詩人，年僅十五歲及成名，二十歲逝世，被譽為早逝天才作家，留下《肉體的惡魔》等代表作。

7 Daphnis et Chloé，為古希臘詩人朗格斯（Longus）的田園牧歌式小說，描寫希臘第三大島上牧羊人達夫尼與牧羊女克羅伊的愛情故事。

給未婚妻看。

初江用手輕輕地摸了摸自己的照片，再還給新治。

少女的眼神透出自豪。她認為自己的照片保護了新治。不過，此時年輕人聳聳肩。因為他知道能夠闖過那場冒險，全靠自己的力量。」

三島由紀夫的文體，已從最初的〈海角物語〉到達極為遙遠之地。

二十幾歲的三島由紀夫持續摸索自己的文體，那是拚了命的努力。其過程於多年後幾乎是在無意識間寫下的，就是這本《作家論》。也就是說《作家論》和三島的評論集《太陽與鐵》，以及收於《太陽與鐵》的〈我的遍歷時代〉可以並稱，都是理解三島不可或缺之作。

時光流逝，三島那從表面難以衡量的文體規範，畢竟是鷗外的；身為作家的生活方式和技巧規範也是鷗外的。但是三島獨有的「過度防衛型」生活態度，讓人備感他與鷗外的距離，就從一九七〇年十一月二十五日這天的二十二年前、《假面的告白》的起稿紀念日起，直到其生涯終結為止。

作家論：三島由紀夫文學評論傑作選
作家論

作者　三島由紀夫
譯者　林皎碧
社長　陳蕙慧
副總編輯　戴偉傑
主編　周奕君
行銷企畫　李逸文
封面設計　謝佳穎
內頁排版　極翔企業有限公司

集團社長　郭重興
發行人兼出版總監　曾大福
印務　黃禮賢、李孟儒
出版　木馬文化事業股份有限公司
發行　遠足文化事業股份有限公司
地址 231新北市新店區民權路108之3號3樓
電話 02-2218-1417　傳真 02-86671065
Email: service@bookrep.com.tw
郵撥帳號 19588272 木馬文化事業股份有限公司
客服專線 0800221029
法律顧問　華洋國際專利商標事務所 蘇文生 律師
印刷　前進彩藝有限公司
初版　2019年10月
定價　新臺幣380元

歡迎團體訂購，另有優惠，請洽業務部02-22181417分機1124、1135

國家圖書館出版品預行編目(CIP)資料

作家論 / 三島由紀夫著；林皎碧譯. -- 初版. -- 新北市：木馬文化出版：遠足文化發行, 2019.10
320面；13×18公分
ISBN 978-986-359-673-8（平裝）

1. 日本文學 2. 文學評論

861.2 108005923